Frank Pauli
Im Himmel ist ein schönes Haus

D1874832

Frank Pauli

Im Himmel ist ein schönes Haus

Skizzen zu Paul Gerhardt

Wichern-Verlag

Die Innenseiten des Umschlags zeigen den Liedtext von „Geh aus mein Herz“ aus:

Übung der Gottseligkeit in christlichen
und trostreichen Gesängen (*Praxis Pietatis Melica*)
bearbeitet von Johann Crüger
12. Ausgabe 1666

© Wichern-Verlag, Berlin 2006
2. Auflage 2007
Umschlag: wichern-design, Dietmar Silber
Titelfoto: Dietmar Silber
Satz: NagelSatz, Reutlingen
Druck und Bindung: Elbe Druckerei Wittenberg GmbH
ISBN 978-3-88981-222-3

Inhalt

Wo der Glaube sich reimt

Weit zurück wendet sich der Weg, den wir in den folgenden Text-Skizzen einschlagen wollen: Paul Gerhardt lebte in der Zeit des Dreißigjährigen Krieges. Der Abstand bemisst sich auf ungefähr fünfzehn Generationen. Träte der Dichter uns gegenüber – er käme uns fremd vor. Wir wären Fremde für ihn. Seine Welt ist Geschichte.

Aber: Er hat Worte gefunden, die Menschen bis heute ergreifen. Und hat Verse geschrieben, in denen Menschen der Gegenwart immer noch zu Hause sein können, weil in ihnen die Erfahrung von Trost und der Mut zu Zuversicht wohnen. Oder nennen wir es gleich: Gottvertrauen.

Ein umfassender Mentalitätenwechsel bleibt zu überwinden, um dem Poeten, der so oft auf den Himmel verweist, näher zu kommen. Wenn Paul Gerhardt vom Himmel sprach, hat er ja nicht einfach eine oberste Etage gemeint. Die alten Weltbilder konnten für einen Studierten seiner Zeit schon längst nicht mehr gelten. Wenn er *Im Himmel ist ein schönes Haus* sang, hieß das bestimmt auch bei ihm nicht einfach: über den Wolken. Wir machen uns mit diesem kleinen Skizzenbuch auf, um ein paar Umrisse und Schattierungen aus dem Glaubensleben des Dichters womöglich deutlicher erkennbar zu machen. Von seiner Biographie weiß man nicht eben viel. Der Art und Weise, in der Experten wie Hermann Petrich (1914) und Christian Bunners (1993) seinen Lebenslauf und die Begleitumstände seines Werks dargestellt haben, kann kaum noch etwas hinzugefügt werden. Darum wird hier auch nicht der gleiche Weg eingeschlagen. Das im Untertitel verwendete Wort *Skizzen* weist darauf hin, dass die Darstellung bewusst nicht auf Vollständigkeit angelegt ist.

Aus der Gegenwart soll unser Blick auf ihn fallen. *Beschreibe den Himmel, der uns blüht*, fordert ein Kirchenlied aus jüngerer Zeit auf. In diesem Sinn wollen wir den Verfasser unvergänglicher Texte an den bekannten Stationen seines Lebens zu uns sprechen lassen.

Die Auswahl von Zitaten folgt weitgehend individuellen Neigungen; sie wird ihren Zweck am schönsten erfüllen, wenn sie die Leser zu eigener Neubegegnung mit der Lyrik Paul Gerhardts einlädt. Stellenhinweise erfolgen mit den Kürzeln EG (Evangelisches Gesangbuch), manchmal ergänzt durch GL (Gotteslob), meist aber mit dem Hinweis CS (Eberhard von Cranach-Sichart, Hg.: *Paul Gerhardt – Wach auf, mein Herz und singe – Vollständige Ausgabe seiner Lieder und Gedichte*. Die zum Klassikerband gewordene und um Neugefundenes bereicherte Ausgabe ist zuletzt 2004 in Wuppertal bei R. Brockhaus erschienen (leider sind in ihr viele störende, computerbedingte Schreibfehler enthalten).

Weil Paul Gerhardt selbst von uns so lange Zeitenschritte entfernt ist, werden wir nach den Anfangskapiteln gemeinsame Bekannte bitten, uns einander näher zu bringen: *Narzissus und die Tulipan* waren ihm lieb und vertraut. Wir teilen das Entzücken an ihnen. Was konnte ihm, wenn er sie sah, durch den Sinn gehen? Auch von *Salomonis Seide* hatte er offenkundig einen sehr deutlichen Eindruck. Was hätte er aus seiner Erfahrung mit dem seinerzeit noch viel kostbareren Material wohl zu erzählen?

Berlin, zum Paul-Gerhardt-Jahr 2007 Frank Pauli

Sprich ja zu meinen Taten,
Hilf selbst das Beste raten,
Den Anfang, Mitt und Ende,
Ach Herr, zum besten wende.

Mich segne, mich behüte,
Mein Herz sei deine Hütte,
Dein Wort sei meine Speise,
Bis ich gen Himmel reise.

(CS 35,9+10; EG 446,8+9)

I

Muttersprache, Vaterstadt

Vierkantig ist der Obere Stadtturm über die Zeiten gekommen. Auch von der Stadtmauer ist einiges noch zu sehen. Sonst hat sich beinahe alles verändert: Kirche und Häuser, der Straßenverkehr sowieso, nicht zuletzt das Weltempfinden der meisten Menschen. Beten ist im Gräfenhainichen der Gegenwart keine allgemeine Gewohnheit. Für Paul Gerhardt ist es noch ein regelmäßig begangenes Feld der Muttersprache gewesen.

Vergegenwärtigen wir uns: Es gibt immer auch Sinneseindrücke beim Beten. Man kann, wenn man es für richtig hält, die Augen schließen. Man kann weghören wollen, wenn etwas ertönt, was zum Augenblick nicht gehört. Aber der Atem geht weiter. Darum kann festgestellt werden: Überall, wo gebetet wird, sind die Gerüche verschieden. Wo es besonders feierlich zugehen soll, steigt mit Gebeten manchmal Weihrauch zum Himmel. Nicht selten hat die Örtlichkeit ohnehin ihre eigenen Düfte an sich.

Daheim, bei Gerhardts, war außer landwirtschaftlichen Gerüchen immer reichlich Bierdunst um die Nasen gewesen, wenn sich die Familie zum Gebet sammelte: Im Haus wurde gebraut. Leicht säuerliche Aromatisierung der Luft gehörte zum Alltag. Niemand hätte diese Begleiterscheinung von Vaters ständiger Teilberufstätigkeit je aussperren können. Unter den Hausgenossen war das so selbstverständlich, dass es schon gar nicht mehr auffiel. Und so hatte sich selbst die Mutter, die in etwas anderem Wohnklima aufgewachsen war, daran nun doch gewöhnt. Sie stammte aus einem Pfarrhaus. Dort hatten die Bewohner vor allem eingelagerte Früchte des Pfarrgartens oder Düfte vom Backen zu schnuppern gehabt. Gelegentlich stieg einem aus Vaters dicken alten Wälzern mit unverwechselbarem Eigengeruch wohl auch Bibliotheksstaub in die Nase. Nichts aber verharrt so treulich, so hartnäckig zwischen den Wänden wie Dünste, die abgestandenes Bier hinterlässt.

Bei Kindern, die darin aufwachsen, mag sich ein Gefühl der Vertrautheit, ja: die Verlässlichkeit des Vaterhauses damit verbinden. Dass auch im Hause Gerhardt die elementaren Bewusstseinsinhalte von der Mutter vermittelt wurden, ist – zugegeben – eine Vermutung. Aber es hätte der alten Rollenverteilung so auch einfach entsprochen: Für das Geschehen vor der Haustür war Vater zuständig – und in die Vorgänge im Hausinneren redete er, wenn alles gut geregelt war, wenig hinein. Bei der Einprägung von Spruchweisheiten und sprachlichen Gemeinplätzen im Kindergemüt fängt das meistens an. Aber auch Anlage und Pflege der vornehmsten Empfindungen gehören hierzu – knapper und besser treffend kaum zu umreißen als mit der Apostelformel *Glaube, Liebe und Hoffnung.*

Ob früh oder spät – Formulierungshilfen holte sich die ganze Frömmigkeitslandschaft ja am liebsten bei Martin Luther: *Dein heiliger Engel sei mit mir, dass der böse Geist keine*

Macht an mir finde ... Dass Mutter Gerhardt davon abgewichen wäre, ist wirklich nicht gut vorstellbar. Der überkommene Schlusssatz im Lutherbrauch gab die Gewähr dafür, dass kein Tag mit dem letzten *Amen* in eingedüsterter Feierlichkeit ausklingen konnte: *Alsdann flugs und fröhlich geschlafen.*

Früher Verlust ist immer geeignet, den Wert von Erinnerungen zu steigern. Als Christian Gerhardt, der Vater, starb, war Paul Gerhardt zwölf Jahre alt. Zwei Jahre darauf wurde den Kindern die Mutter genommen. Der feste Halt der Kindheitsrituale endete mehr oder weniger abrupt. Die heranwachsenden Geschwister wurden in andere Hände gegeben. So kam – mindestens für Paul und zunächst auch für seinen älteren Bruder Christian – zur Trauer um die Eltern noch der Verlust der Heimat hinzu. Nur eine der beiden Schwestern scheint weiterhin in Gräfenhainichen verblieben zu sein.

Wegen der äußerst lückenhaften Informationen zu Paul Gerhardts Biographie bleibt die Versuchung zu Spekulationen immer sehr groß. Kaum zu weit gehen dürfte indessen, wer zu all dieser Grunderfahrung mit Vergänglichkeit die zwangsläufigen Folgen für die Ausbildung seiner Persönlichkeit findet. Jene Vertrautheit, mit der sich die Gedanken Paul Gerhardts an den Grenzen des menschlichen Lebens bewegen, gibt ein beredtes Zeugnis dafür ab – bei all der Glaubenszuversicht, die er wohl als ganz besondere Begabung mit ins Leben gebracht hat.

Vater Gerhardt war unter den Honoratioren der Stadt ein Mann in der ersten Reihe gewesen. Er betrieb Landwirtschaft. Mit seinen Brau- und Schankrechten stand er in Gräfenhainichen zwar nicht einzig da. Andere verfügten über diese Privilegien auch. Dass Christian Gerhardt zu denen gehörte, auf die andere bevorzugt hörten, ist dem Umstand zu entnehmen, dass ihm jahrelang – mit zwei Mitbürgern gemeinsam – das Bürgermeisteramt zufiel.

Einer der drei hatte – bei jährlichem Wechsel – mit der Amtskette die Hauptverantwortung zu tragen. Es gab öfter Grund, sich zu einem Bier oder zwei bei Christian Gerhardt zu treffen.

Dafür, dass die Mutter mehr als den schlichtesten ländlichen Hausverstand in die Ehe eingebracht hatte, spricht ihre Herkunft: Ihr Vater und der Großvater mütterlicherseits waren in Eilenburg Superintendenten gewesen, lutherische Theologen der damals verbreiteten Richtung also, die als *lutherische Orthodoxie* von sich reden gemacht hat. Wenn Spötter das Fremdwort mit *Rechthaberei* übersetzen, sind sie um die Begründung dafür nicht lange verlegen: Sei es doch, werden sie dann begründen, bei der Anwendung von Luthers Lehren öfter zu Verengung und Erstarrung gekommen. Womit sie nicht ganz unrecht haben – aber damit müssten wir uns nun auf ein weites Feld theologischer Tüfteleien begeben, das für Paul Gerhardt bei aller Treue zum lutherischen Erbe doch eigentlich kein interessantes Terrain war.

Die vier Kinder – der nach Vater benannte Christian, dann Paul, Anna und Agnes – waren also von einem größeren und lebhaften Haushalt umgeben. Die Stätte ihrer Kindheit ist in Gräfenhainichen immer noch leicht zu finden. Heute trägt die Straße Paul Gerhardts Namen. Unter einer Glasscheibe in der Pflasterung vor dem Haus Nr. 7 ist auf einer Gedenktafel zu lesen: *An dieser Stelle stand das Geburtshaus des Pfarrers und bedeutenden evangelischen Kirchenliederdichters des 17. Jahrhunderts, Paul Gerhardt (1607–1676).* Und für alle, die das übersehen, ist an die Hauswand gleich noch ein zweiter Hinweis angebracht worden. Das Haus, versteht sich, ist nicht mehr das alte. 1637 bereits, als die Schweden die ganze Stadt in Flammen aufgehen ließen, war auch das Gerhardtsche Anwesen niedergebrannt. Außer den Resten der Stadtbefestigung sind von früher nur noch Gemäuerteile vom Chor der Kirche zu finden, die immerhin im Gesamtbau der heutigen St. Marienkirche aufgehen konnten. Der Besucher kann wissen, dass der bis heute berühmte Schöpfer frommer Lieder hier getauft worden ist.

Gab es Lieder, als der Stadtpfarrer die Taufe an Paul Gerhardt vollzog? Der reformatorische Liedschatz war noch nicht groß. Weithin war nur das Repertoire aus Luthers erstem Geistlichen Gesangbüchlein von 1524 für den Gemeindegesang in Gebrauch, das 32 deutsche und fünf lateinische Lieder enthielt. Größer war der Liedschatz, bei dem alle einstimmen konnten, wohl nicht. Vor allem in Landgemeinden, wo bei weitem noch nicht alle lesen konnten, wurde auswendig gesungen. Nach Buchstaben und Noten sangen – wo immer verfügbar – allein die Knaben des Schulchors, der Kurrende. Der Paul-Gerhardt-Biograph Hermann Petrich kann von einem Bauern aus der Landschaft um Merseburg erzählen, der noch Ärger mit seinem Pfarrer bekam, als er am Sonntag das vom Markt mitgebrachte Gesangbuch aufschlug: So etwas gebühre ihm nicht, fand der Prediger – höchstens der Schulmeister dürfe sich im Gottesdienst mit einem Buch zeigen. Andere Zeiten, andere Sitten: Heute drückt man jedem an der Tür eins in die Hand.

Wenn 1607 bei der Tauffeier in Gräfenhainichen gesungen wurde, dann sangen wohl nicht alle mit. Man könnte sich ein Luther-Lied von 1541 vorstellen: *Christ unser Herr zum Jordan kam / nach seines Vaters Willen / von Sankt Johann die Tauf er nahm / sein Werk und Amt zu erfüllen / Da wollt er stiften uns ein Bad / zu waschen uns von Sunden / ersäufen auch den bittern Tod / durch sein selbst Blut und Wunden / Es galt ein neues Leben* (EG 202,1). Die Melodie kam ursprünglich von einem weltlichen Lied her. Beim Formulieren war Luther von lehrhafter Absicht bewegt worden. *Ein geistlich Lied / Von unserer heiligen Taufe* hatte er sich vorgenommen – *darin fein kurz gefasset / Was sie sey? Wer sie gestiftet habe? Was sie nütze?*

Das Evangelische Gesangbuch hat an diesem Lied festgehalten bis heute. Dennoch wird es bei Tauffeiern wohl nicht mehr sehr häufig benutzt. Wer es heute liest, merkt alsbald, wie weit seine Frömmigkeitssprache in vielen ihrer Wendungen dem gegenwärtigen Empfinden entrückt ist. Wenn man Verse von Paul Gerhardt im Sinn hat und die Reimkunst Luthers im Vergleich dazu liest, wird schnell klar, warum Gerhardts Lieder bekannter und beständiger sind und ihre Allgemeingültigkeit über viele Generationenwechsel behielten.

Mit Ausnahmen, versteht sich. Gerade das Tauflied, das er schrieb, ist unter den Heutigen nicht so leicht nachzuvollziehen. Nur die erste Strophe ist eine allzeit aktuelle Ermahnung geblieben. *Du Volk, das du getaufet bist / Und deinen Gott erkennest, / Auch nach dem Namen Jesu Christ / Dich und die deinen nennest, / Nimms wohl in acht und denke dran, / wie viel dir Gutes sei getan / Am Tage deiner Taufe* (CS 33,1).

Der Taufstein, der heute in Gräfenhainichen steht, war nicht immer da. Überhaupt ist einzugestehen: Der örtlichen Tauftradition fehlt es an der früher doch üblichen Kontinuität. Gräfenhainichen ist beinahe ein Musterfall für die Entfremdung vom Glaubensleben, die vom politischen System der DDR eingeleitet und durchgesetzt worden war. Was Paul Gerhardt glaubte, zählt heute allgemein wenig. Taufen sind selten geworden. Dass sich der Geburtsort des frommen Dichters neuerdings doch wieder gern „Paul-Gerhardt-Stadt“ nennt, ist von der Beobachtung ausgelöst worden, dass der Name immer noch manchen Reisenden anlockt. Touristen werden überall gern gesehen.

Aber der Dichter hat auch eine Anwältin, die ihn in seiner Heimat erst wieder ins Gespräch gebracht hat. Nach und nach ist es ihr gelungen, ihn auch der näheren Landschaft neu ins Bewusstsein zu rufen. Dabei hatte Wilma Deißner von ihm selbst kaum mehr als eben den Namen gekannt, als sie während der DDR-Zeit noch ihrem ursprünglichen Büro-Beruf nachging. Erst nach der politischen Wende wurde sie auf Paul Gerhardt gestoßen. Eigentlich fing alles mit Zufall und Verlegenheit an.

Irgendjemand sollte doch die Stadtinteressen wahrnehmen, als die Werbewirksamkeit des Poeten wiederentdeckt war. Und Wilma Deißner war nun gerade in der Situation vieler, für die es im allgemeinen Umbruch der Verhältnisse auf einmal keine Arbeit mehr gab. Also forschte sie nach, was sich wohl über diesen Mann sagen ließe. Sie suchte, las, sammelte, bildete sich. Aus der Begegnung, die sich bald ergab, wurde eine Leidenschaft, aus dem Willen, wieder etwas zu tun, schlugen schnell Feuer und Flamme.

Dass sie dabei nicht aus einer zurückgezogenen Kirchenrunde agierte, erwies sich als Glücksfall. Mit der Unbefangenheit, in der sie eine Entdeckung für sich gemacht hatte, ließen sich bald auch andere für die Sache gewinnen. Und so wäre ohne sie aus der Paul-Gerhardt-Kapelle auf dem einstigen Stadtfriedhof sicherlich nicht das Museum geworden, das heute Aufmerksamkeit auf einen an diesem Ort schon einmal fast Vergessenen lenkt. Ohne Wilma Deißners einfallsreiche Betriebsamkeit würden in Gräfenhainichen nicht alljährlich Paul-Gerhardt-Tage begangen, die der Stadt und dem Landkreis einen gemeinsamen Festanlass bieten. Bis zu den 6. Klassen sind selbst die öffentlichen Schulen mit von der Partie und singen Verse des frommen Mannes. Dichten auch dies und das – überwiegend wohl weniger Frommes – hinzu. Stellen Szenen aus dem Leben des einstigen Stadtkindes nach. Malen Bilder zur Illustration von Krieg und Frieden, heute und seinerzeit. Finden Gelegenheit, sich und den örtlichen Dichter zu feiern.

Wer wird da zurückstehen wollen? Unterm offenen Himmel spielt die Musik – vielleicht die beliebte Sarah Kaiser mit ihrer Band; Paul-Gerhardt-Lieder gehören mittlerweile zum Repertoire. Duftschwaden vom Bratwurststand steigen auf. Wo Männer beisammenstehen, um sich etwas zu erzählen, kriegt man auch ein Rüchlein von Bier in die Nase und könnte sich beinahe ins frühe 17. Jahrhundert des Gerhardtschen Ausschanks zurückversetzt fühlen. Besucher des Orts werden sich noch im Paul-Gerhardt-Haus umsehen, dem Evangelischen Gemeindehaus, das auf der anderen Seite des Platzes an der Marienkirche steht. Davor ist das alte Paul-Gerhardt-Denkmal zu erblicken, das Johann Friedrich Pfannschmidt 1911 gemacht hat. Der Sandstein ist fleckig und im Ganzen dunkel geworden; der damit verbundene Triumphbogen an der Hauswand überzeugt den Betrachter nun doch nicht mehr ganz so, wie der Urheber es wohl beabsichtigt hatte. Um etliches anders sieht der Paul Gerhardt eines Ölgemäldes drinnen im Hause aus – könnte sich der abgebildete darauf wohl wiedererkennen?

Höchste Zeit, auf dieses Thema zu kommen: Ein ganz authentisches Bildnis Paul Gerhardts gibt es überhaupt nicht. Größte Porträtähnlichkeit würde vielleicht das etwa lebensgroße Bild in Lübben, der letzten Station seines Lebens, beanspruchen können. Aber auch das ist erst kurz nach seinem Tode gemalt. Alle anderen Konterfeis, die es gibt, sind den Gesichtszügen auf diesem Bild nachempfunden. In einigen Fällen, scheint es, haben sich Künstler darum bemüht, sich in der Darstellung des Alters den Lebensjahren zu nähern, in denen der Abgebildete sich an dem Ort befand, für den das fertige Bildnis bestimmt war. So zeigt das Berliner Porträt ein noch etwas jüngeres Gesicht als das in Mittenwalde. In Lübben ist dementsprechend die Abgeklärtheit des alten Mannes zu finden.

In Gräfenhainichens Paul-Gerhardt-Kapelle, im bewussten Museum also, lässt sich das jüngste Ganzbild betrachten, das ihn zeigen will. In der wiedergegebenen Haltung ist es den anderen ähnlich. Wassili Jeremejew hat es vor wenigen Jahren gemalt. Man sieht, wie Erfahrungen aus der Ikonenmalerei bei der Entstehung des Bildnisses mitgewirkt haben; dennoch hat der Künstler sich bei der Farbenwahl sichtbar um einen dem Protestantismus angemessenen Charakter bemüht. Die Farbgebung ist zurückhaltend, die Malweise schlicht; in der Sorgfalt der Pinselführung gibt die Ehrfurcht vor dem Abgebildeten sich zu erkennen.

Der allererste Blick zeigt: So kennen wir ihn. Sein Käppchen, sein links und rechts locker herabwallendes Haar, der Bart – nach Art der Zeit zierlich gestutzt –, am Hals das breite Beffchen mit dem durchgehenden Schlitz (das den Abgebildeten als Lutheraner ausweist). Am Horizont ist seine Geburtstadt zu sehen, wie sie freilich erst viel später aussehen konnte. Damit wird deutlich: Jeremejew lässt den Sänger bewusst der Gegenwart näherkommen. Der ganze Hintergrund ist – anders als auf den älteren Darstellungen – hell, und diese Helligkeit strahlt auf den Mann im Vordergrund aus. Klarheit umgibt ihn. Als Mann des Worts macht ihn die Bibel erkennbar – ein Band von gewichtiger Solidität, beidhändig drückt er sie ans Herz.

In solcher Stilisierung könnte Paul Gerhardt einen gut auf den Stadtwegen begleiten. Der Besucher möchte ihn ja an manchen Stationen gern ins Gespräch ziehen. Etwa mit der Frage: Wie sah das hier zu eurer Zeit aus? Was würde er antworten, wenn wir am Platz seiner Kindheitserlebnisse stehen – mit dem Blick auf die ihm gewidmete Gedenktafel vor den Stiefelspitzen im Pflaster?

Was die Nachwelt so alles mit einem anstellt, könnten Geste und Blick in Jeremejews Darstellung – einer Mischung aus Schüchternheit und Zurückhaltung – wohl sagen wollen. Sein Name an der nach ihm benannten Straße in einem Bodendenkmal unter Glas – sollte ihn das nicht amüsieren? Sollten die Pflastersteine rundherum bei ihm nicht Belustigung auslösen? Bei schlechtem Wetter konnte man seinerzeit hier nur im Gassenschlamm stehen. Andere Zeiten, andere Launen, könnte er ironisch anmerken, den Blick auf den heutigen Zustand gerichtet. Zu erörtern wäre nicht zuletzt die Bauweise neuerer Häuser: Postmodern? Funktional? Kostengünstig? Was es nicht alles gibt.

Wundern muss er sich, dass er auf der Tafel *Lyriker und Liederdichter* genannt wird. Sei das nicht dasselbe? Wozu die Doppelbezeichnung, was man ihm damit anhängen wolle? Solle man es als eine Steigerung womöglich verstehen – als weise eine Häufung solcher Bezeichnungen auf besondere Empfindsamkeit hin? Das gefalle ihm dann aber überhaupt nicht; als ein Herr Gefühlvoll lasse er sich nicht gerne anreden; da fühle er sich herablassend behandelt.

Ein ganz kleines bisschen indigniert sieht er dabei aus, und das ist durchaus ein Eindruck, den man ebenfalls aus dem Jeremejew-Gemälde mitnehmen kann. Aber hätte Paul Gerhardt – auf einmal in unsere Tage versetzt – darauf etwa kein Recht? Das Bild hat einen durchaus eigenartigen Zauber, und die Geschichte, die Wilma Deißner dazu erzählt, könnte sich für weitere Traum- und Mythenbildung als günstig erweisen: Obwohl darum gebeten, hat der Künstler sein Werk nicht signiert: Man müsse das aufschieben. Dazu brauche er Abstand. Er sei gern gefällig. Aber er tue es doch lieber später. – Darauf reiste er nach Hause, nach Weißrussland, ab. Und weil er bald darauf gestorben ist, wird es unsigniert bleiben, wie es sich für eine Ikone und ihr Geheimnis gehört.

Paul Gerhardt war fünfzehn, als er nach Grimma ins Internat ging. Die Eltern – wir erinnern – lebten nicht mehr. Das Haus, das schon für seinen Großvater Mittelpunkt des Lebens gewesen war, stand nicht mehr lange. Darüber, dass Paul Gerhardt noch einmal nach Gräfenhainichen kam, ist nichts bekannt. Er hatte früh lernen müssen, dass Abschiede zum Leben gehören. Und dass die Aussicht auf ein Bleiben anderwärts wartet – ablesbar allenfalls in Formeln, die sich (von Dichtern, von Malern, Propheten) immer nur bildhaft darstellen lassen. Wie in jenen Worten der Gotteszusage, die er später irgendwann einmal fand: *Leb immerhin, so lang er will, / Ists Leben schwer, so sei du still, / Es geht zuletzt in Freuden aus: / Im Himmel ist ein schönes Haus, / Da, wer nach Christo hier gestrebt / Mit Christi Engeln ewig lebt* (CS 74,16).

Mit dem eben schon zitierten Lied leistete er später sich und Gleichdenkenden Zuspruch: *Ein Christe, der an Christo klebt, / Und stets im Geist und Glauben lebt, / Dem kann kein Unglück, keine Pein / Im ganzen Leben schädlich sein; / Gehts ihm nicht allzeit wie es soll, / So ist ihm dennoch allzeit wohl* (CS 74,8). Sähe er sich heute um, müsste er sagen: Offenkundig sind die Umstände im Menschendasein nicht viel anders geworden. Wohl dem, der sich darauf einrichten kann. Vorläufige Zuflucht, empfiehlt Paul Gerhardt, bleibt das Gebet.

Ich lieg hier oder stehe,
Ich sitz auch oder gehe,
So bleibe ich dir ergeben,
Und du bist auch mein Leben:
Das ist ein wahres Wort.
Was ich beginn und mache,
Ich schlaf ein oder wache,
Wohn ich als wie im Schlosse
In deinem Arm und Schoße,
Bin selig hier und dort.

(CS 39,7)

Wie ein Adler sein Gefieder
Über seine Jungen streckt,
Also hat auch hin und wieder
Mich des Höchsten Arm bedeckt,
Alsobald im Mutterleibe,
Da er mir mein Wesen gab
Und das Leben, das ich hab
Und noch diese Stunde treibe.
Alles Ding währt seine Zeit,
Gottes Lieb in Ewigkeit.

(CS 99,2)

II

Klösterliche Einübungen

Mit seinem Latein war er längst nicht mehr am Anfang, als der nunmehr elternlose fünfzehnjährige Junge in die Fürstenschule zu Grimma eintrat. Schon beim Unterricht am Heimatort war der Grund dazu gelegt worden. Das Internat in Grimma hatte seinen Namen nicht daher, dass es fürstlich in ihm zuging. Es wurde – wie die Paralleleinrichtungen in Meißen und („Schul"-)Pforta – in Fürsteninteresse betrieben und sollte vor allem Geister hervorbringen, die das Staatswesen in Gang halten konnten. Luthers Freund und Berater Philipp Melanchthon hatte bei der Einrichtung im Jahrhundert zuvor Pate gestanden. Es gibt allen Grund anzunehmen, dass sich inzwischen eine pädagogische Routine eigener Art eingestellt hatte. Wies der Name Pforta auf die klösterliche Vergangenheit des Ortes hin, so war auch die Grimmaische Lehrstätte an die Stelle eines einstigen Klosters getreten.

Vom Kloster in Grimma weiß man: Als Luther auf dem Weg war, seine dortigen Ordensbrüder, die Augustiner, zu besuchen, hörte er erstmalig von den Aktivitäten Tetzels, der zum wirtschaftlichen Nutzen der Kirche Sündenablass verkaufte. Auf der Stelle fiel sein Entschluss, etwas dagegen zu unternehmen – *der Pauke ein Loch* zu machen, wie Luther sich zupackend ausdrückte. So fing in Deutschland die Reformation an.

Seither war also viel Wasser den benachbarten Fluss, die Mulde, hinuntergeflossen. Die Augustinermönche hatten ihre Kutten an den Nagel gehängt. Von der Strenge ihres Lebensstils aber war viel geblieben. Man erkannte die Bewohner der Klostergebäude weiterhin an ihrer einheitlichen Kleidung, die nun allerdings viel kärglicher ausfiel als bei den Augustinern. Konnten die Mönche ihre Hände bei der Andacht – von links nach rechts, von rechts nach links – in die weiten Ärmel ihrer Kutten versenken und damit auch für das Körperbewusstsein ganz zu sich finden, so verfügten die Internatsschüler lediglich über eine *Schalaune*.

So hieß dieses Kleidungsstück auf Deutsch, wenn die Internatsschüler unter sich waren. In der obligatorischen Haussprache Latein nannte man es *Scholana*: ein weiter Mantel, an dem Ärmel allerdings fehlten. Den alten Römern war dieses Wort noch unbekannt gewesen. Die Entwicklung des Lateinischen zur internationalen Gelehrtensprache hatte das Mittelalter genötigt, für vieles, was menschliche Erfindung hervorgebracht hatte, neue Namen zu erdenken. Wie das Miteinander solcher Kunstworte und der altehrwürdigen Sprache von den Lippen zu gehen hatte, musste in den Anfangsgründen schon vor Eintritt in eine solche Schule eingeübt sein. Paul Gerhardt brachte sein Basis-Latein tatsächlich von der Schule in Gräfenhainichen mit, wo das für die Grundverständigung Nötige – Luthers Katechismus-Erklärungen in lateinischer Fassung und die Fertigkeit, Briefe zu schreiben – bereits eingeübt worden war. Bei Mädchen kam solcher Aufwand nicht in Frage. Wozu auch, hätte jeder gefragt.

Zum Schlafen waren 96 Jungen – jeweils zu dritt – in Zellen untergebracht. In jeder Zellengemeinschaft galten strikte Regeln für Unterordnung und Autorität. Einer der drei war sozusagen der Vorgesetzte, der zweite hatte weit weniger, der dritte überhaupt nichts zu sagen. Fünf Uhr in der Frühe wurde geweckt. Mit Haussäuberung fing der Tag an. Nach einer Stunde wurde gebetet: lateinisch, griechisch und deutsch. In stetiger Lernerei ging es weiter. Keine Nebensache: der Musikunterricht. Die Glaubensunterweisung wurde strikt von der lutherischen Lehre bestimmt. Oder – wie Sinn für Spöttelei manchmal vielleicht anmerken könnte – vom Eifer, womöglich noch lutherischer werden zu wollen als der Reformator.

Im stetigen Beieinander von Gesang und Glaubensinhalten fiel es nicht schwer, den Glauben tiefe Wurzeln schlagen zu lassen – in Formulierungen, die allen Lebensaltern verfügbar sein und bleiben konnten, wenn sich die Texte einmal im Kopf festgesetzt hatten. Diese Sprache musste einfach und einprägsam sein. Den Grundgedanken hatte Luther gestiftet, als er das erste Gesangbuch zusammenstellte.

Lieder als Medium des Glaubens: Die Schüler machten damit beizeiten ihre Erfahrung, ohne viel darüber nachdenken zu müssen. Und Paul Gerhardt war wohl längst Autor zahlreicher solcher Lieder geworden, ehe er seine Kunst bewusst in diesem Sinn einzusetzen verstand – in der Schlichtheit der Verssprache kaum zu übertreffen: *Ich weiß, mein Gott, dass all mein Tun / Und Werk in deinem Willen ruhn, / Von dir kommt Glück und Segen; / Was du regierst, das geht und steht / Auf rechten, guten Wegen* (CS 58). 1653 erstmals gedruckt, fand sich diese kleine Bekenntnisstrophe von ihm im Gesangbuch von Crüger. Die Gesinnung, die aus dem knappen Text spricht, war in ihrer

Wurzel wohl Geist von dem Frömmigkeitsstil, der in der Grimmaischen Schule hervorgebracht wurde.

Dass er kein Schüler war, dem Wissen wie von selbst zufiel, haben Paul-Gerhardt-Biographen wie Hermann Peterich und Christian Bunners anhand erhalten gebliebener Schülerakten nachweisen können. Bemerkungen im (natürlich lateinisch ausgefertigten) Zeugnis von 1625 lesen sich danach übersetzt so: *Von nicht schlechter Veranlagung. Er zeichnet sich hinsichtlich Fleiß und Gehorsam aus. Die schriftliche Arbeit kann zum großen Teil hingenommen werden, auch die hinzugefügten Verschen sind erträglich.* Letzteres bezog sich auf einschlägige lateinische Übungen, wie sie zum Lehrplan gehörten – kein Schüler blieb davon verschont.

Alle Mahlzeiten gab es um Stunden früher, als es unsereiner gewöhnt ist. Lobgesang und Gebet hatten feste Plätze im Tageslauf. Abends 20 Uhr war jeder wieder in der Zelle, die durchweg unbeheizt war und prinzipiell nicht mit künstlichem Licht erhellt werden durfte. Nur ganz selten kamen die Schüler einmal aus dem Kloster heraus. An Ferien war anfangs überhaupt nicht, nach dem zweiten Schuljahr nur in knappstem Umfang zu denken.

Von Paul Gerhardt sind Klagen darüber nicht überliefert. Von einem anderen, offenbar dünnhäutigeren Jungen weiß man, dass er es in diesem Knabenpferch nicht aushalten konnte. Und bei dem handelte es sich auch noch um Pauls älteren Bruder. Christian büxte aus. Unter Aufsicht Gräfenhainicher Männer wurde er wieder nach Grimma gebracht, um dort nach einer Schamfrist förmlich entlassen zu werden. Möglich, dass er um Einiges später das väterliche Anwesen in Gräfenhainichen führte; es gibt Anhaltspunkte dafür. Bis zum Schulabschluss blieb Paul dagegen in Grimma. Er blieb sogar, als es die Leitung der Fürstenschule wegen einer Pestepidemie allen Schülern freistellte, nach Hause zu gehen. Die meisten Mitschüler machten davon Gebrauch. Dass er mit einer Minderheit dem großen Sterben trotzen wollte und *tapfer standhielt*, wie es sein Biograph Peterich vermeldet, klingt nicht unbedingt überzeugend. Ein Zuhause gab es für ihn einfach nicht mehr; eine andere Zuflucht bot sich nicht an.

Für Lern- und Lebenskosten der Schüler kam bei knapp der Hälfte die fürstliche Kämmerei auf. Der Rest zahlte selbst. Man weiß: Paul Gerhardt gehörte zu ihnen. Gräfenhainichen – genauer wohl: die dortige Verwandtschaft, die sich zwischenzeitlich des elterlichen Erbes annahm – schickte die Mittel, die erforderlich waren. Im Dezember 1627 – zwanzigjährig inzwischen – schloss der junge Mann mit der nötigen Prüfung die Fürstenschule ab und kehrte ihr endlich den Rücken.

Alles, was er erworben hat und behalten will, trägt Paul Gerhardt um Weihnachten 1627 beim Aufbruch aus Grimma bei sich. In der Tasche: das Nötigste. Im Kopf überwiegend humanistische Bildung: Latein, Griechisch und – im Horizont dieser Sprachen – vieles aus der Mythologie des Altertums, vor allem und nicht zuletzt solide Kenntnis der biblischen Schriften sowie – aus den vielen Musikstunden – einen reichen Fundus an Texten für den Gesang. Was einer auswendig kann, das kann ihm auch keiner nehmen. Zur erworbenen Lebenshaltung gehört es, Gebrauch von diesen Gütern zu machen.

Übergangslos setzte sich sein Bildungsweg in Wittenberg fort, wo er mit dem Beginn des neuen Jahres sein Universitätsstudium aufnahm: ein unauffälliger Studiker, der sich der Bibelwissenschaft und sicherlich auch der Dichtkunst hingab. Aber was er auch unternahm – es sollte weitgehend im Verborgenen bleiben. Kriegszeiten wollen Helden sehen. Die Mehrheit der Menschen neigt eher dazu, nicht zu den Helden gerechnet zu werden. Paul Gerhardt gehörte zu ihr. Aber dahinter stand bei ihm nicht Duckmäusertum, sondern die Einsicht: *Oft denkt der Mensch in seinem Mut, / Dies oder jenes sei ihm gut, / Und ist doch weit gefehlet, /*

Oft sieht er auch für schädlich an, / Was Gott doch selbst erwählet (CS 58,3).

Man muss sich sein Jahrhundert und die Lebensunsicherheit zu vergegenwärtigen suchen, die oft genug Menschen und Gemeinwesen tödlich bedrohten. Die Pestepidemien gehörten dazu. Aus bitterer Erfahrung reichte auch die Angst vor Feuersbrünsten bis in den Alltag. Und nun hatte sich obendrein der große Krieg ausgebreitet; er brachte bald diesen, bald jenen Schrecken hervor. Bald würde er nachhaltig in die Horizonte des jungen Paul Gerhardt hereinbrechen. Für ihn und seinesgleichen lichtete sich die ganze Welterfahrung allein in der Anrufung Gottes.

Wer fleißig betet und dir traut,
Wird alles, da ihm sonst vor graut,
Mit tapferm Mut bezwingen;
Sein Sorgenstein wird in der Eil
In tausend Stücke springen.

(CS 58,15)

Talis tu nobis, postquam diademete frontem
Egrigii genitrix nominis auxit, ades.
Ut semper talis maneas, Deus optimus ornet
Cor tibi laetititae flore, salute caput.

III

Auf verwischter Spur: Studiosus Theologiae

Ist es erlaubt? Mit einem lateinischen Zitat machen wir – nach einem Zeitsprung über etliche Jahre hinweg – zu einem neuen Kapitel die Tür auf. Wir nehmen in Wittenberg Aufenthalt, wo die Universität *Leucorea* noch im Jahrhundert nach der Reformation einen hervorragenden Ruf und – im Vergleich zu anderen – hohe Studentenzahlen vorweisen kann. Mit diesen beiden Distichen schließt ein insgesamt achtzeiliges Gedicht von Paul Gerhardt. Eine kleine Lobeshymne, die nach klassischem Vorbild im Wechselschritt des Versmaßes dahergetanzt kommt.

Antikes Kulturerbe also, wie es Philipp Melanchthon, Luthers genialer Weggefährte, seiner Gegenwart als Grundstein aller Bildung neu ans Herz gelegt hat. Wo unter Kollegen sonst gelegentlich anerkennendes Schulterklopfen geübt wird, wendet man sich unter Akademikern mit Wortgebilden einander zu, die sich einem bestimmten Silbentakt fügen. Hexameter, Pentameter. Wie es auf Deutsch klingt, hat Schiller unvergesslich gemacht: *Im Hexameter steigt des Springquells flüssige Säule, / Im Pentameter drauf fällt sie melodisch herab.*

Huldigungen und Schmeicheleien: Auch Paulus Gerhardt (wie er in diesem Milieu stets unterschreibt) drechselt nun bei passender Gelegenheit auf die klassische Art an der Sprache herum. Es versteht sich: Latein muss es sein. Die von ihm hier vorliegenden Verse sind Jakob Wehrenberg gewidmet, einem Wittenberger Kollegen, der 1642 das Magisterexamen abgelegt hat. Ja, doch: Viel Zeit ist vergangen, seit der junge Mann aus Gräfenhainichen via Grimma auf die Elb-Universität kam; 14 Jahre sind für den Aufenthalt am Studienort eine recht üppige Zeit. Wer wird denn so lange studieren?

Keiner von Paul Gerhardts Biographen kann detailliert Auskunft darüber geben, wie der junge Mann diese Jahre verbracht hat. Es ist nicht einmal bekannt, ob er in den Tagen von Wehrenbergs Studienabschluss auch wirklich selbst immer noch in Wittenberg weilte. Schickte er seine verherrlichenden Worte vielleicht schon aus Berlin, der nächsten Station seines Lebens, durch einen Boten – dahin, wo zahlreiche Bekannte ihm nach Jahren der Gemeinsamkeit immer noch nahe standen? Irgendwann um diese Zeit muss er jedenfalls aus der Lutherstadt endgültig abgereist sein. Im Gegensatz zum Freunde Wehrenberg ohne akademischen Titel; immer noch nannte er sich *Studiosus Theologiae.* Aber das war nicht ungewöhnlich, damals. Auch ohne solchen Titelschmuck konnte einer seinen Weg machen.

Wehrenbergs Bildungsweg hatte mit dem Erwerb des Magistertitels zur Krönung geführt. Soviel über den Inhalt des vorangestellten Zitats: Die Muse, die für Wissenschaft zuständig ist (Paul Gerhardts Distichen scheinen eine Art Wesensgleichheit dieser Muse mit der Alma Mater, der „allesnährenden Mutter" Universität, andeuten zu wollen) hat ihm, wie es der Dichter ausmalt, einen Kranz aus Blumen aufs Haupt gesetzt. Nun geht es ihm wie den Gärten, die sich neu ausschmücken in der Sonne des Frühlings. Dauerhaft, so will es der Glückwunsch, soll ihn diese Auszeichnung durch die Muse zieren. Und da sollen jedenfalls auch die Gnadengaben des *besten Gottes* nicht fehlen: Mit der Blume der Fröhlichkeit möge er dem Freunde das Herz ausschmücken und das Haupt mit Heil füllen.

Das nimmt sich beim Lesen auf gründlichst übertriebene Weise verspielt aus. Lust an der Parodie lässt sich vernehmen. Man weiß doch – die jungen Leute von der Uni sind nun einmal so. Sie foppen einander im Cliquenjargon. Dass Paul Gerhardt daran gern und vergnügt teilnimmt, schimmert aus den Wehrenberg-Zeilen hervor.

Auch gröbere Streitlust war, wie man lesen kann, damals unter den Studenten verbreitet. Zu deftigen Kloppereien kam es. Mitunter wurden Säbel gezogen. Paul Gerhardt wird man sich dazu nur in großem Abstand vorstellen. Etwas Anderes als Milde und Ausgeglichenheit passt nicht in das Bild, das einem von seiner Dichtung nahegebracht wird. Unbeirrbar ist sie auf Zweisamkeit angelegt. Ich und Du sind im Gespräch: In den Liedern kehrt das dialogische Prinzip immer wieder.

Wo einer still vor sich hin singt, könnte es wohl manchmal Selbstgespräch sein. Aber in Paul Gerhardts Dichtung geht es ja immerzu auch um das Gegenüber von Positionen: Hier wird gesucht, Klage vorgebracht, in Frage gestellt – dort wird ein Weg gezeigt, getröstet, Antwort gegeben. *Du bist ein Mensch, das weißt du wohl, / Was strebst du denn nach Dingen, / Die Gott, der Höchst, alleine soll / Und kann zu Werke bringen? / Du fährst mit deinem Witz und Sinn / Durch so viel tausend Sorgen hin / Und denkst: wie wills auf Erden / Doch endlich mit mir werden?* (CS 75,1)

1653 war das erste Druckjahr für dieses Lied. Man kann annehmen: Es hat seine bleibende Form während des ersten längeren Aufenthalts von Paul Gerhardt in Berlin angenommen. Aber zwingend ist die Annahme nicht. Wenn existenzielle Unsicherheit aus dem Text spricht, so wäre Wittenberg als Hintergrund des Liedes gut denkbar. Es gibt ein anderes, das aus ähnlicher Motivation kommt und sich liest, als wolle der Autor einem Gesinnungsverwandten mutmachend beistehen: *Du liebe Unschuld du, wie schlecht wirst du geacht't. / Wie oftmals wird dein Tun von aller Welt verlacht. / Du dienest deinem Gott, hältst dich nach seinen Worten, / Darüber höhnt man dich und drückt dich aller Orten* (CS 76,1).

Auch in diesem Fall: Erstdruck 1653. Karl Goedecke hört den Ton des Opitzschen Lehrgedichtes heraus und weist schon damit nachdrücklich auf Wittenberg hin. Hatte Martin Opitz doch dort nicht zuletzt im Schülerkreis des Poetologen August Buchner stilbildend gewirkt. Kommt hinzu, dass Paul Gerhardt das Lied in Alexandrinern verfasste – einer Versform, von der er sonst kaum Gebrauch machte. Johann Georg Ebeling stand diesem Text übrigens aus inhaltlichen Gründen reserviert gegenüber: Allzu menschlich, also auch deutlich weltlich ausgerichtet kam sein Zuspruch ihm vor. Er schien das Lied eher (was auch wieder auf Wittenberg verweisen könnte) für eine Art Jugendsünde zu halten und legte es, als er seine Paul-Gerhardt-Ausgabe zusammenstellte, zur Seite. Die 15. Strophe des von ihm verworfenen Lieds schloss: *Was hier ist in der Welt, da sei nur unbemüht, / Wird dirs ersprießlich sein, wies Gott am besten sieht, / So glaube du gewiss, er wird dir deinen Willen / Schon geben und mit Freud all dein Begehren stillen* (CS 76,15).

Dass die Beschäftigung mit einem kleinen lateinischen Text aus der Zeit des Abschieds vom Studentenmilieu an den Anfang dieses Kapitels gestellt worden ist, hängt nur damit zusammen, dass er aus Paul Gerhardts Feder das einzige Dokument ist, das etwas ahnen lässt von der selbstbewussten Munterkeit der Mitstudierenden, die ihn oftmals umgab. Er erlebte ein Milieu, in dem Bildungsbeflissenheit und unbeschwerte Lust am Argumentieren im Alltag die wichtigsten Energiequellen waren. Jedenfalls kommen in den acht Zeilen für den Freund Wehrenberg studentische Herzenssachen zur Sprache.

Was diesen Lebensabschnitt außerdem erhellt und beschattet hat, muss die Paul-Gerhardt-Forschung anderen Quellen entnehmen. Da wurde zum Beispiel im Jahre 1630 das 100-jährige Bekenntnis von Augsburg gefeiert, mit dem sich die Reformation – unter der Federführung Melanchthons – im Reich Karls V. Geltung verschafft hatte. Ein Glaubensdokument, das im Protestantismus bis heute kräftige Nachwirkung zeigt. Am 25. Juni, dem Jubiläumstag, setzte früh um 3 Uhr auf den Türmen von St. Marien die Stadtmusik ein. Vom Schloss schossen die Kanonen Salut. Um 6 Uhr waren Professorenschaft und Magistrat feierlich in die Schlosskirche eingezogen, um dort den ersten Gottesdienst des Tages zu feiern; der zweite begann 9 Uhr in St. Marien. Auch an den folgenden Tagen war unter den Kirchendächern zu Liturgie und Predigt alles beisammen. Man musste nicht einmal Theologiestudent sein, um vom stundenlangen Andachtsgeschehen mit Predigten und Gesang nichts verpassen zu wollen.

Um den Monatswechsel August/September 1631 kam Gustav Adolf. Der Schwedenkönig zog mit seiner ganzen Armee über die Elbbrücke, nahm die Schlüssel der Stadt in Empfang und wendete sich gleich an die Studenten der Universität Martin Luthers: *Meine Herren, von euch ist aus diesem Orte das Licht des Evangeliums zu uns gekommen; weil es aber durch die Feinde bei euch will verdunkelt werden, müssen wir zu euch kommen, um nächst Gott dasselbige Licht wieder anzuzünden.* Gab es Zustimmung? Deuteten sich Fragezeichen in der Mimik der Zuhörer an?

Im Jahr darauf machte der Sarg des Königs auf dem Heimweg nach Schweden Station in der Stadt. Der Monarch war in der Schlacht bei Lützen gefallen, und der Krieg nahm nun an Heftigkeit immer noch zu. Aus Grimma war zu hören, die Schweden hätten dort wie die Vandalen gehaust. 1637 nahmen sie sich dann Gräfenhainichen vor. Erst plünderten die Söldner, dann legten sie an die Stadt Feuer.

Nur wenig blieb übrig. Wir wissen schon: Auch Paul Gerhardts Vaterhaus gab es hinterher nicht mehr.

Bruder Christian starb an der Pest, die als Kriegsfolge gleich hinterdrein kam. Die Seuche schlug auch in Wittenberg zu – mit Folgen, die alles erfassten. Nie hatten die Totengräber so viel zu tun. Die Wirtschaft der Stadt brach zusammen. Die Menschen hungerten. Auch die Universität hatte kein Geld mehr und konnte ihre Professoren nicht mehr bezahlen. Trotzdem scheint der Lehrbetrieb weitergegangen zu sein. Wie kam Paul Gerhardt über die Runden? Es ist nicht verbürgt, dass er immer in Wittenberg war. Mutmaßungen sprechen davon, der älter gewordene Student könne sich gelegentlich als Feldprediger durchgebracht haben. Belege dafür gibt es allerdings nicht.

Von den Professoren, bei denen er studiert hat, wird Paul Röber als herausragender Theologe gerühmt. Für den ganzen Kirchsprengel um Wittenberg wirkte er zugleich als Generalsuperintendent, als Vorgesetzter aller Pfarrer also. Kein Zweifel: Für das Predigerhandwerk hat Paul Gerhardt oft und viel bei ihm gelernt. Das von Röber überlieferte Bild zeigt über breitem Kinnbart und Hakennase einen offenen, für viel Geduld sprechenden Blick. Zahlreiche Predigten von ihm sind erhalten. Vor allem *Leichenpredigten*, weil die zur Erinnerung an die Toten oft gedruckt wurden. Aus den Texten ist eine intensive Zuwendung zur Gemeinde herauszulesen. Gern zitierte er Lieder – vielleicht, weil schon er davon überzeugt war, dass sich Gereimtes auch einfachen Gemütern besser einprägen kann.

Dass von Röber auch auf Paul Gerhardt Funken lebhaft übergesprungen sein müssen, belegt ein vom Professor gedichtetes Lied, von dem der Jüngere sich später zum Nachdichten anregen ließ. *O Tod, o Tod, schreckliches Bild:* So hatte Röber einen Liedtext beginnen lassen. Paul Gerhardt lehnte sich mit einem eigenen Text daran an: *O Tod, o Tod, du greulichs Bild / Und Feind voll Zorns und Blitzen, / Was machst du dich so groß und wild / Mit deiner Pfeile Spitzen? / Hier ist ein Herz, das dich nicht acht / Und spottet deiner schnöden Macht / Und der zerbrochnen Pfeile* (CS 115,1).

Beide Lieder sind längst nicht mehr in Gebrauch. Interessant an ihnen ist nicht zuletzt die Frage, wann Paul Gerhardt sich von Röbers Text zu einem eigenen inspiriert fühlte. Für die Studienjahre spricht da eigentlich vieles. Für die Zeit also, in welcher Professor Röber zum regelmäßigen Umgang gehörte – und damit gleichzeitig dafür, dass dieser Paul-Gerhardt-Text nicht erst kurz vor seiner ersten Drucklegung – ebenfalls 1553 – entstand. Eine Überlegenheit gegenüber dem Tod, die auch nicht mit ironischer Zurechtweisung spart, lässt sich vernehmen: *Besiehe deinen Palast wohl / Und deines Reiches Wesen, / Obs noch anitzo sei so voll / Als es zuvor gewesen: / Ist Mose nicht aus deiner Hand / Entwischt und im gelobten Land / Auf Tabor schön erschienen?* (CS 115,4).

Nach dieser Anspielung auf den Evangeliumsbericht über die Verklärung Jesu, bei der auch Mose und Elia erschienen sein sollen, entwirft die darauf folgende Strophe ein Bild, in dem sich – mit dem Hinweis aufs gelobte Land – gläubige Erwartungshaltung ausdrückt: *Wo ist der alten Heilgen Zahl, / Die auch daselbst begraben / Sie sind erhöht im Himmelssaal, / Da sie sich ewig laben.* Bildformeln für fromme Erwartung, wie sie von Paul Gerhardt noch oft variiert werden sollen. Wenn die (auch von Petrich vertretene) These stimmt, nach der dieses Lied seine Gestalt im wesentlichen bereits in Wittenberg annahm, dann hat sein Dichter mit diesem Text (oder einer Vorstufe dazu) zu dieser Zeit schon einen der wichtigsten Grundtöne des geistlichen Zuspruchs gefunden, der seinen Choraltexten ihren besonderen Charakter verleiht.

Noch bei zwei oder drei weiteren Liedern Gerhardts steht unter Experten zur Erwägung, sie könnten sich auf Wittenberger Erleben beziehen. Im Oktober 1640 brannte die kurfürstliche Amtsmühle mitsamt ihrer Nachbarschaft nieder.

Es muss wohl Stimmen gegeben haben, die das Ereignis als Strafe Gottes interpretierten und die nun an allgemeine Bußfertigkeit appellierten. Im Lied heißt es in Anspielung auf 5. Mose 29,22, wo von der Zerstörung von Städten die Rede ist: *Sollt ich nicht billig meine Glut / Auf dein verfluchtes Gut und Blut / Wie auf Zeboim schütten? / Dieweil du ja mein Wort und Bahn / Fast ärger noch als sie getan, / Bis hieher überschritten* (CS 68,2).

Vorausgesetzt, dass es zwischen dem Mühlenbrand und dem Lied in der Tat einen Zusammenhang gab: Paul Gerhardt lässt keinen Zweifel, dass er Äußerungen über die Strafabsicht Gottes nur zitiert, aber nicht unterstützt. Er singt das Lied vom verzeihenden, liebenden Gott, den er sagen lässt: *Mein Herze will durchaus nicht dran, / Dass es dir tu, wie du getan, / Es brennt für Gnad und Liebe; / Mich jammert dein von Herzen sehr / Und kann nicht sehen, dass das Heer / Der Höllen dich betrübet* (CS 68,3).

Ganz und gar lutherisch ist die Gnadenauffassung, die daraus spricht: Abkehr von der Gottesvorstellung des Mittelalters, zu der für den Menschen stets (und vorherrschend) die Prinzipien von Lohn und Strafe gehörten – und vom Gotteszorn, der unter den Folgen der Sünde an erster Stelle ausgemalt wurde. *Mit den beiden kleinen Wörtlein Gnade und Friede ist das Wesen der ganzen christlichen Lehre umfasst*: In solchen Gedanken Luthers war dagegen der Kern des Glaubens neu zur Geltung gekommen. Daran hielt nicht zuletzt seine Wittenberger Theologenfakultät fest. Wer dazu neigt, den dortigen Geist der Zeit allein als Ausdruck einer geistigen Enge, einer nur rechthaberischen Orthodoxie zu begreifen, sollte das bei aller berechtigten Kritik nicht übergehen.

Es gibt noch einen weiteren Grund, anzunehmen, dass Paul Gerhardts Arbeit an den Liedern, die auf unsere Zeit überkommen sind, schon in der Wittenberger Zeit eingesetzt hat: Einer der wirksamsten Inspiratoren der Barockdichtung, der ebenfalls an der Universität lehrte, war Professor August Buchner, zuständig für Poetik und Rhetorik. Dichter wie Simon Dach, Paul Fleming und Martin Opitz gehörten zu seinen Schülern und Freunden. Heinrich Schütz hat Texte Buchners vertont. Martin Opitz' *Buch von der deutschen Poeterey* war ebenfalls im Gedankenaustausch mit Buchner entstanden. Wer sich vertieft mit der Verskunst befasste und mit ihren Regeln souverän umging – von Paul Gerhardt, der obendrein am Ort studierte, ist das ja mit aller Bestimmtheit zu sagen –, kam an Buchner einfach nicht vorbei.

Der lateinischen Dichtung eines anderen Autors, Nathan Chyträus, hat Paul Gerhardt ein weiteres Lied nachempfunden, das die Kenner ebenfalls einhellig den Wittenberger Jahren zuschreiben. Es bezieht sich auf den demütigen Hinweis, mit dem eine nichtjüdische Frau Jesus begegnet – der zunächst nichts mit ihr zu tun haben möchte: Die Hunde fräßen doch auch von den Resten, die ihre Herren vom Tisch fallen ließen – in eben dieser Einstellung richte sie eine Bitte an ihn (Matthäus 15,27; Markus 7,28). Was dem jungen Paul dazu aus der Feder floss, wird sogar von seinem Verehrer Hermann Petrich als *Ausartung und Fremdkörper in seiner Kunstübung* empfunden: *Herr, ich will ja gerne bleiben, / wie ich bin, dein armer Hund.* So setzt Strophe 1 ein. Und die zweite steigt gar noch unter alle kötermäßige Selbstdarstellung hinab: *Hündisch ist mein Zorn und Eifer, / Hündisch ist mein Neid und Haß, / Hündisch ist mein Zank und Geifer, / Hündisch ist mein Raub und Fraß; / Ja, wenn ich mich recht genau, / Als ich billig soll, beschau / Halt ich mich in vielen Sachen / Ärger als die Hund es machen* (CS 50,1+2).

Geschmacksunsicherheit eines erst noch heranreifenden Poeten? Johann Crüger, Paul Gerhardts erster Textsammler und Komponist, hat dieses zehnstrophige Reimwerk offenbar so beurteilt und gar nicht erst aufgenommen in die von ihm verantworteten Drucke. Anders dessen Nachfolger

Ebeling, der den Text nicht nur nicht überging, sondern auch noch mit einer eigenen Melodie ausstattete.

Wie oft, kann man sich fragen, wird der Dichter – in Wittenberg bereits oder später – selbst verworfen haben, was er glücklos erarbeitet hatte? Auch darauf wird sich Antwort nicht mehr finden lassen. Indessen bleibt zu bedenken, dass Formen der Frömmigkeit im Zeitenwandel immer wieder Stilfragen aufkommen lassen.

Wer Wittenberg heute besucht, kann an der Collegienstraße und – nahe der Stadtkirche – hinter der Fronleichnamskapelle Schrifttafeln finden, die an Paul Gerhardt erinnern. Es handelt sich – was nicht jeder gleich merkt – um Vorder- und Rückseite des gleichen Hauses. Der Archidiakon der Stadtkirche St. Marien, Magister August Fleischhauer, hatte hier seine Wohnung, und unser Studiosus Theologiae gehörte nach einer einigermaßen sicheren Nachricht irgendwann als Praeceptor zu seinem Haushalt. Soll heißen: Er stand als Lehrer der Kinder im Dienst und fand sein Unter- und Auskommen damit. Wann das freilich gewesen sein soll, ist nicht überliefert. Nachforschung zeigt einem: während seiner frühen Studienjahre sicherlich nicht.

Der Fund, der darüber Aufschluss gibt, kann in der Bibliothek des Predigerseminars gemacht werden. Zahlreiche Leichenpredigten aus dieser Zeit sind dort zu dicken Wälzern zusammengebunden. Aus der Karwoche von 1633 ist nachzulesen, was der schon erwähnte Paul Röber anlässlich der Leichbestattung eines *zarten Jungfräuleins, Sibyllen Fleischhauerin, des ehrwürdigen, achtbaren und wohlgelahrten Herrn Mag. Augusti Fleischhauers … herzlieben Töchterleins* mitfühlend und tröstend gesagt hat. *Im Klaghause, welches doch zugleich ein Trosthaus ist*, legte er ein Wort des Johannesevangeliums aus: *Herr, wohin sollen wir gehen? Du hast Worte des ewigen Lebens.*

Der Leser kann sich von Röbers Gedanken in dessen Tage mitnehmen lassen. Sie suchen Orientierung auch diesmal bei Martin Luther. An *dem Herrn Luthero seine Tochter* wird die Trauergemeinde erinnert: *Ach du liebes Lenichen, du wirst … auferstehen und leuchten wie die Sterne*, wird der Reformator, an ihrem Totenbett stehend, zitiert. Mit Worten aus Luthers Bibelübersetzung sucht der Prediger nun Trost und Rat. Zu Geduld ermahnt er die Seelen und weist auf ein passendes Wort aus dem Lukasevangelium hin – in der Lesart von Martin Luther –, um mit Römer 5,4 fortzufahren: *Denn Geduld bringt Erfahrung. Erfahrung aber bringt Hoffnung. Hoffnung aber lässt nicht zuschanden werden.*

Auch dies der Original-Wortlaut Luthers. Es ist bezeichnend für die Autorität, in welcher der Reformator an seiner Universität immer noch stand, dass selbst ein Theologieprofessor sich ausschließlich an dessen Text hielt und das neutestamentliche Original (das etwas andere Worte wählt) gar nicht erst befragte. Für heutige Leser haben die Revisoren der Lutherbibel den deutschen Sprachgebrauch an beiden Stellen geändert. So ist, um als Beispiel nur dies festzuhalten, aus *Erfahrung* das Wort *Bewährung* geworden: eine Bedeutungsverschiebung, die – angewandt auf den Glauben – nicht ohne Gewicht ist. *Erfahrung, die allein klug macht*: für Luther bedeutet das die Einsicht, dass nicht der Mensch, sondern allein Gott für Regel und Gesetz zuständig ist.

Gewiss, für die Trauernden blieb das in der Stunde des Abschieds ohne Belang. Im geschichtlichen Rückblick aber fällt hier abermals auf, wie die lutherische Orthodoxie, die Röber vertrat, sich im theologischen Formulieren unbedingt wortgetreu an den Reformator anschloss. In allen Glaubenssachen stand Luther auch nach über hundert Jahren noch völlig unangefochten in der Mitte des Lehrens und Lernens. Im Geist solcher Verbindlichkeit durfte Röber an der Totenbahre der kleinen Sibylle auf offene Ohren für seine Trostworte hoffen.

Beinahe zärtlich fielen sie aus, wenn er Erinnerungen, *unser im Herrn selig verschiedenes Jungfräulein belangend*, aussprach: *Seine lieben Eltern habens … zur Furcht Gottes, zum Gebet, zu Zucht und Gehorsam aufgezogen, in welchen Stücken es sich also bezeigtet, dass die Eltern und Großeltern, Freunde und Nachbarn ein besonderes Wohlgefallen daran getragen haben, in Hoffnung, Gott würde sie viel Ehre und Freude an diesem herzublühenden Röselein erleben lassen.* Das Kind habe viel und ausdauernd gebetet, oft das Zubettgehen darüber vergessen – *und hat zum öftern den 103. Psalm – Nun lob mein Seel den Herren – ganz ausgesungen.*

Damit war die Liedfassung des Psalms von Johann Gramann gemeint, die auch heute noch in den Gesangbüchern (EG 289) steht. Unter den Humanisten nannte Gramann sich Poliander; mit diesem Lied, das sich einer (nicht nur damals) sehr beliebten Melodie fügt, hat er sich außerdem den Beinamen „preußischer Orpheus" verdient. Gut vorstellbar, dass es dazumal bereits wie ein Schlager von vielen Lippen ging, war es doch kaum älter als dieses drei Jahre alt gewordene Mädchen. Der noch so jungen Toten rief der Ranghöchste aller Pfarrer und Theologiestudenten am Ort, Paul Röber, nun voller Mitgefühl nach: *Gott verleih dem geheiligten Körperlein eine sanfte Ruhe in dem Schoß der Erden, die unser aller Mutter ist und bringe solches wiederum herfür am Frühlinge des jüngsten Tages – schön und herrlich geschmückt und mit englischem* (Engels-)*Glanz gezieret, mit unaussprechlicher Herrlichkeit bekleide*t. Nachdem allen aus der Trauergemeinde noch *eine selige Nachreise um Jesu Christi willen* gewünscht worden war, schloss die Predigt mit einem doppelten Amen.

Es ist eine Momentaufnahme aus dem Frömmigkeitsleben der Pfarrersfamilie und der ihr befreundeten Kreise in diesen Tagen. Der Leichrede beigefügt lassen sich noch zahlreiche Zeugnisse des Mitgefühls Nahestehender lesen. Paul Gerhardt allerdings – man kann sich leicht vorstellen, wie gut er in dieses Milieu gepasst hätte – ist nicht darunter. Daraus lässt sich schließen: Erst nach dem fünften Wittenberger Jahr kann er *Praeceptor* und Mitbewohner im Hause Fleischhauer geworden sein. Ob er nebenbei weiter studierte oder ob er das Gefühl hatte, es sei damit nun genug und er könne in der Erziehung der Pfarrerskinder vorerst seinen Broterwerb und Lebenszweck finden – darüber gibt es ebenso wenig zuverlässige Nachricht wie über den tatsächlichen Umfang seiner Wittenberger Tätigkeit als Poet.

Eins bitt ich nur, das hätt ich gern,
Wenn mirs Gott wollte geben,
Dass ich bei ihm, als meinem Herrn,
Stets wohnen sollt und leben
Und alle meine Tag und Jahr
In seinem Hause bei der Schar
Der Heiligen vollbringen.

(CS 87,3)

Narzissus und die Tulipan,
Die ziehen sich viel schöner an
Als Salomonis Seide.

(CS 40,2; EG 503,2)

IV

Mythen- und Marktnotizen aus Paul Gerhardts Jahrhundert

Geh aus, mein Herz, und suche Freud / In dieser lieben Sommerzeit …: Um das Lied mitzusingen, muss man nicht einmal besonders fromm sein. In einem Atemzug werden in dem herausgegriffenen Satz zwei Blumengattungen und eine vornehme Stoffart genannt. Narzissus und die Tulipan vertreten die große Familie der Frühlingsblumen, deren Anblick unsere Hoffnungen weckt und beflügelt. Freu dich, die Blumen zeigen: Es fängt wieder was an.

Mit Seide verhält es sich etwas anders. Ein seidenes Tuch wächst nicht einfach aus der Erde heraus. Um es herzustellen, bedarf es menschlicher Arbeit. Das Verfahren ist kompliziert. Es kostet große Geschicklichkeit und Geduld – um von Arbeitszeiten und Löhnen, die da fällig werden, gar nicht erst zu reden. In Narzissus und Tulipan zeigt sich Natur von ihrer schönsten Seite. Seide ist Luxus.

Was Narzissus betrifft: Nicht erst aus seinen Wittenberger Studienjahren, sondern schon von der Schulbank in Grimma muss Paul Gerhardt den Namen so gut gekannt haben, dass sich schnell auch bildhafte Vorstellungen und Geschichten dazu einstellen konnten. Dort hatte sein Bildungsweg ihm Zugang zu den Sprachen und den Lebenswelten der Römer und Griechen verschafft. Kaum vorstellbar, die mythische Gestalt des griechischen Jünglings Narkissos könne dabei einfach übersehen worden sein.

Zur Allgemeinbildung gehört er heute freilich auch unter den eher belesenen Leuten nicht mehr unbedingt. Darum: Jener Narkissos verliebte sich in sich selbst, als er sein Spiegelbild auf der Oberfläche des Wassers erblickte. Nicht losreißen konnte er sich von seinem eigenen Bild. Verharrte, hingerissen von diesem Anblick, und blieb über das Wasser geneigt, bis ihn Hades, der Herr der Unterwelt, ergriff und hinunterriss in die Tiefe. Genau an der Stelle aber, an der er verschwand, erblühte alsbald eine unversehens hervorgewachsene Pflanze, mit schmalen Blättern und einer wunderschönen weißen Blüte auf langem Stiel; der Blütenkorb war von kleinen gelben Blättchen umgeben, deren oberer Rand für das Auge des Betrachters einen rötlichen Ring bildete.

Narcissus poeticus heißt das hübsche Gewächs bei den Botanikern. Seine klassische Legende ist damit freilich noch nicht zu Ende erzählt. Die Homerischen Hymnen ergänzen: Mit allerschönsten Empfindungen hatte sich Persephone, Demeters Tochter, zum Blumenpflücken auf eine üppig blühende Wiese begeben, als Göttervater Zeus persönlich – dem Hades zu Gefallen – die Wunderblume erneut hervorwachsen ließ. Und als dann Persephone zugriff, wurde sie ebenfalls in den Abgrund gezerrt von dem grausfern-feuchten Unterweltgott. Er zwang sie zur Ehe und setzte sich zum Zeichen seiner Freude über diese Verbindung einen Narzissenkranz auf das Haupt.

So konnte der Pflanze immer deutlicher die Bedeutung eines Übergangssymboles zuwachsen. Sicher kam diese Sinngebung nicht erst aus der Welt der alten Griechen, denn man hat ja bereits auf Mund und Augen von Pharaonenmumien Schalen von Narzissenzwiebeln gefunden. Auch in jüngerer Zeit wurde die Pflanze oft als Todesblume für Grabbepflanzungen und Trauerkränze verwendet. In unseren Breiten kam dann allerdings auch noch christliche Auferstehungssymbolik hinzu. Nicht zuletzt eine der nächsten Verwandten, *Pseudonarcissus*, die *Osterglocke*, trug mit ihrem lebensbejahenden Leuchten in Gelb dazu bei. Auch gemeine Narzisse, Jakobsstab oder gelbe Märzblume kann sie genannt werden. Durchaus also: gute Bekannte – für Paul Gerhardt, den Dichter und Blumenfreund, so gut wie nun auch für uns.

Das Verhältnis zur Sippschaft *Tulipa* war für die Beobachtung aus der Welt Paul Gerhardts von etwas anderer Art. Als Wappenblume der Osmanen könnte sie in mitteleuropäischen Albträumen manchmal als Signal für Türkenangst mitgewirkt haben. Tatsächlich war sie im Jahrhundert vor Paul Gerhardt aus dem Orient nach Westeuropa gekommen. In der orientalischen Poesie hatte sie mythologischen Rang; zu ihrer Blütezeit in der Wüste wurden ihre Blüten von der Legende als blutige Tränen eines unglücklichen Liebhabers gewürdigt.

In Westeuropa lernte man dagegen beizeiten, die Tulpe mit ganz anderen Augen zu sehen. 1629 waren bereits annähernd 150 Zuchtformen bekannt. Züchter und Liebhaber wetteiferten darum, die schönsten Exemplare vorzeigen zu können. Besonders in Amsterdam kam es seinerzeit zu einer *Tulpomanie*, sogar von *Tulpenwut* ist vereinzelt die Rede. Denn alsbald ging es auch beim Umgang mit dieser vergänglichen Schönheit nur noch um Repräsentation – und die kostet nun einmal gemeinhin allerhand Geld.

Schon in den dreißiger Jahren, in denen wir Paul Gerhardt nach aller Wahrscheinlichkeit beim Studium in Wittenberg zu suchen haben, war in Amsterdam der Tulpenmarkt hart umkämpft. Wer an bestimmte Neuzüchtungen herankommen wollte, musste unter Umständen bereit sein, mehrere tausend Gulden für eine einzige Zwiebel zu zahlen. Das Haus der Familie van der Beurse in Brügge soll zum Treffpunkt des einschlägig tätigen Spekulantentums geworden sein – und nebenbei (auch das wurde schon behauptet) zum Namengeber des bekanntesten Tempelplatzes für den Kapitalismus, der Börse.

Glücksritter der neu erblühten Branche scheinen es mit Verträgen nicht immer genau gehalten zu haben, bis 1653 ein Gesetz die allgemeine Pflicht zur Vertragstreue ausdrücklich auch auf den Tulpenhandel anzuwenden befahl. Daraufhin brach der Amsterdamer Tulpenhandel, von rücksichtsloser Raffgier schon ganz unterhöhlt, erst einmal völlig zusammen. Wir nehmen hier beiläufig zu Protokoll, dass in genau diesem Jahr – 1653 – Paul Gerhardts Lied mit der Erwähnung von Tulpen zum ersten Male gedruckt worden ist. Reiner Zufall? Wer darin Bestätigung findet, dass die Blume im Horizont der Zeit eine bemerkenswerte Rolle gespielt hat, darf da seine Vermutungen hegen.

Die Tulpomanie war eine Mode. Aus Holland kommend, ging sie gerade an Brandenburg nicht vorüber. Hatte sich doch der Landesherr – Friedrich Wilhelm, der von 1640 bis 1688 als Kurfürst regierte – in Leiden, an der damals fortschrittlichsten Universität, nicht nur Geschmack und Bildung erworben. Mitte der vierziger Jahre hatte er in Holland auch noch Louise Henriette, eine Tochter aus dem Herrscherhaus Oranien, als Gemahlin gewonnen.

Mit ihr hielten allerhand Neuerungen aus Holland in Brandenburg Einzug. Das Schloss, das ihr 1652 zum Geschenk gemacht worden war, sollte Oranienburg heißen; dafür wurde die Ortsbezeichnung „Amt Bötzow“ von der brandenburgischen Landkarte gelöscht. Mit dem holländischen Tulpeneifer war der Fürst – ein praktizierender Gartenfreund – selbst infiziert.

Baumförmige Tulpenvasen, die für ihn hergestellt waren, sprechen dafür. Bei Johann Siegismund Elsholtz, seinem

Hofarzt und Gartendirektor, wurde eine Bilderfolge *Theatrum Tulipanum* von ihm in Auftrag gegeben, die 1661 gedruckt worden ist und auf 61 Schautafeln Tulpenpracht zeigt.

Narzissus und die Tulipan / Die ziehen sich viel schöner an / Als Salomonis Seide: Gegen die Freude an Blumen hatte Paul Gerhardt nun wirklich nichts einzuwenden. Sie zeigten ihm – Mode oder nicht –, wie sich die Natur zum Lob des Schöpfers von ihren schönsten Seiten ausnimmt. Freude darüber war auch dem Fürsten zu gönnen. Unverkennbar verhielt es sich mit anderem höfischen Luxus – *Salomonis Seide* – aus seiner Sicht aber anders. Die Ursache haben wir in der Bibel zu suchen.

Hinsichtlich seiner Macht- und Prachtentfaltung dürfte Salomo der effektivste Monarch gewesen sein, den das biblische Gottesvolk auf dem Thron erlebt hat. Dabei gab es nie grenzenlose Bewunderung für ihn. Hatten doch alle vor Augen, dass er seinen exotischen Liebesgespielinnen nicht nur ihren Götzendienst durchgehen ließ. Mehr noch: Er ließ ihnen in aller Öffentlichkeit Kultstätten für die dazugehörigen Riten errichten.

Geschichten von Gestern? Einer wie Paul Gerhardt konnte das so nicht sehen. Die Bibel ist nicht zu überholen. Sie bleibt aktuell. Das stand für ihn fest. Er musste sich nur in Berlin und Brandenburg umsehen, um diese alte und immer gleiche Obrigkeitsproblematik bestätigt zu finden. In Paul Gerhardts Sicht eines orthodoxen Lutheraners ging Friedrich Wilhelm – wie schon sein Vorfahr Johann Sigismund – selbst einem Glauben von anderer Art nach. Das Kurfürstenhaus meinte (weil eigene Überlegungen und politische Opportunität dafür sprachen), im Gegensatz zum bodenständigen Luthertum auf calvinistische Art glauben und beten zu sollen.

Leider musste man das ertragen. Gutheißen durfte man es aber doch nicht. Wie sollte sich der kleine Mann als

Christenmensch dazu verhalten? In welche Lage wurden die Pfarrer, die Seelenführer in der Gesellschaft, dadurch gebracht? Noch steht uns die Beobachtung bevor, wie solche Fragen Paul Gerhardt zusetzen werden.

Die Wortverbindung *Salomonis Seide* findet sich nicht in der Bibel. Aber Paul Gerhardts besorgte Gedanken sind sachlich nachzuvollziehen. Im Buch des Propheten Ezechiel (bei Luther: Hesekiel) wird Jerusalem – die Stadt, die Salomo aufs Prächtigste ausstaffiert hat – als Götzendienerin, treuloses Weib, Hure beschimpft. In grelle Bilder fasst der Prophet die Vorwürfe des *Herrn:* Ich *gab dir feine leinene Kleider und hüllte dich in seidene Schleier und schmückte dich mit Kleinoden und legte dir Spangen an deine Arme … und gab dir … eine schöne Krone auf dein Haupt.* So liest es sich in der Übersetzung von Martin Luther: *Summa, du warst geziert mit eitel Gold und Silber und gekleidet mit eitel Leinwand, Seide und Besticktem … Aber du verließest dich auf deine Schönheit, und weil du so gerühmt warst, triebest du Hurerei.* Zur Hure ist die Stadt, in der Salomo residiert, aus himmlischer Sicht also geworden – und so verweist dann auch viel später, im Neuen Testament, die Offenbarung des Johannes auf die ganze Fragwürdigkeit des seidenen Glanzes zurück: Was wird man von solchem Gewebe noch halten, wenn das Jüngste Gericht kommt?

Ein anderes, ein leuchtendes Jerusalem wird als ewige Stadt und Hort des Heils dann an die Stelle der aktuellen Wirklichkeit treten. Es werden, wie es der 85. Psalm sagt, Güte und Treue einander begegnen, Gerechtigkeit und Friede sich küssen. Und Gott wird alle Tränen abwischen, wie Prophetenstimmen zu unterschiedlicher Zeit gesagt haben. Paul Gerhardt fällt es nicht schwer, Bestätigung für solche Visionen zu finden. Er findet Anschauung für den Inhalt dieser Verheißungen, wenn er Herz und Gemüt Ausschau halten lässt. Von Bildern irdischer Erfahrung – *sieh an der schönen Gärten Zier* – lässt er sich dabei leiten. Was für die

Pflanzen gilt, gilt für den Menschen: Blühen soll er, um als Gottes Ebenbild endlich zur Geltung zu kommen.

Wo Sonne und Blumen lachen, wo frisches Grün vom Leben kündet – da lassen sich gute Vorstellungen von einem Ort ausmalen, der Menschen zum Bleiben einlädt. Wir benennen ihn mit Worten, die Gutes bedeuten. Zu denen, die Paul Gerhardt wählt, gehört das Wort *Garten*. Ans Paradies lässt es denken, an Eden, an die unverdorbene Schöpfung. Nicht nur als Sachbezeichnung ist es zu hören. Das Wort sagt auch: Die Sache ist, wie sie sein soll. Gottes Wille hat sich in ihr erfüllt; er *sah, dass es gut war.*

Davon macht sich der Dichter ein Bild in seinem Lied. Sein Wort *Garten* wird zum Gleichnis – neben einer Anzahl anderer Gleichnisworte, von denen der Glaube Gebrauch machen kann. Paul Gerhardt liebt, wie wir noch erörtern werden, auch das Wort *Haus* sehr. Manchmal genügt auch der Begriff *Hütte* – wenn sich Beschütztheit und eine gute Abgeschiedenheit dazu vorstellen lässt. Enge aber gehört dabei nicht ins Bild: Einen *Freudensaal* stellt er sich gern vor. Weil richtige Freude von vielen geteilt werden muss. *Die güldne Sonne* am Morgen, die allen leuchten soll, lässt ihn frohgemut hoffen: *Freude die Fülle / Und selige Stille / Hab ich zu warten / Im himmlischen Garten / Dahin sind meine Gedanken gericht* (CS 37,12).

Worte wie Blumen: Was die gläubige Poesie zum Strauß bindet, will behutsam gebraucht sein. Das Material ist empfindlich. Manche Farben sind auswechselbar, manche nicht. Manche Blüte bedroht schneller Zerfall. Manche scheint dem Ende trotzen zu wollen und überdauert in befremdender Starre. Wie Worten das Leben ausgehen kann, ist nicht nur an barocker Lyrik oft zu erleben – die Sprache, die einmal Empfindungen dargestellt hat, wird dürr und lässt die Nachgeborenen urteilen, dieser alte Text wirke nur noch bizarr – so blass, künstlich und trocken, wie der Dichter ihn sich zurecht gesteckt habe.

Was Paul Gerhardt aus den Begrenzungen seiner Epoche heraushebt, ist nicht zuletzt seine Umsicht im Umgang mit den Bildern, die ihm die Sprache anbietet. Er gleitet nicht ins Süßliche ab (und wo er das Wort *süß* einsetzt, ist es so zu verstehen, wie seine Zeit es verwendet, nämlich als Bezeichnung für etwas, was alles wohltuend durchdringt). Sprachschwülstigkeiten wird er sich so gut wie nie durchgehen lassen. Seine Metaphorik bleibt immer schlicht, wenn er im Glaubenssinn vom *Himmel* redet und singt – und wenn sich in seinem theologisch-poetischem Wortschatz das Substantiv *Jenseits* nicht findet, liegt es einfach daran, dass es auch noch dem folgenden Jahrhundert völlig unbekannt war. Weil es ihm um die Nähe zu Gott ging, wäre ihm die Aussagekraft dieses Worts ohnehin zu dürftig gewesen.

Erwähle mich zum Paradeis
Und lass mich bis zur letzten Reis
An Leib und Seele grünen;
So will ich dir und deiner Ehr
Allein und sonstem keinem mehr
Hier und dort ewig dienen.

(CS 40,15; EG 503,15)

Wohlan, lass Regen, Reif und Wind
Bald oder lang ansetzen,
Wer Gott liebt, bleibet Gottes Kind,
Kein Fall wird ihn verletzen.
Er sitzet in des Vaters Arm,
Er gibt ihm Schutz, der hält ihn warm,
Und spricht: Sei unerschrocken.

(CS 44,11)

V

Berlin, Platz für Zuwanderer

Kind als Reimwort auf *Wind,* dann *Vaters Arm ... der hält ihn warm*: Sicherlich werden sich in der deutschsprachigen Lyrik mehrere Parallelfälle finden. Wer in der Schule noch Goethe auswendig gelernt hat, wird unwillkürlich an dessen *Erlkönig* denken. *Mein Sohn, was birgst du so bang dein Gesicht,* fragt der durch nächtliche Nebellandschaft dahinreitende Mann, der sein Kind schützend festhält. Gleiche Situation bei Paul Gerhardt. Aber um das Kind, dem hier das begütigende Vaterwort gilt, muss man gar nicht erst fürchten: *Sei unerschrocken.* Natürlich schrieb Goethe nicht ab. Wenn er aber Paul Gerhardt doch so gut gekannt hätte, dass er dieses Konglomerat von Stimmung, Worten und Reimen einfach aus einem nicht oder kaum bewussten Winkel des erinnernden Bewusstseins hervorziehen und neu anordnen konnte? Schwer nachzuweisen wäre das jedenfalls. Merkwürdig bleibt der Fall trotzdem.

Etwa 140 Jahre liegen zwischen der Gruselballade vom *Erlkönig* und jener Ermutigungsstrophe, die Paul Gerhardt in einem sehr persönlich gehaltenen Hochzeitsgedicht dem Brautpaar Sabina Berthold und Joachim Fromm übereignet. Die *Oda*, wie er den Text nennt, steht am Anfang seines ersten Berliner Lebensabschnitts. Ob er ihre Verse schon in Berlin oder noch in Wittenberg geschrieben hat, lässt sich freilich nicht genau sagen. Denkbar wäre, dass es die 10. und die (hier vorangestellte) 11. Strophe schon gab, als der Gedanke an ein Glückwunschgedicht für den Freund aufkam. Sie schmücken das 18-Strophen-Lied aus und schaffen Vertiefung. Doch der Gedankenfluss des Liedes nimmt auch nicht Schaden, wenn man die beiden Textabschnitte herauslässt – wie man sich diese 14 Verszeilen andererseits auch als eigenständiges Gedicht vorstellen könnte.

Anders gesagt: Sie wären auch in einem anderen Lied unterzubringen gewesen, wenn nur die Strophenform passte. Und sie passen in Paul Gerhardts existenzielle Situation: Ein Mittdreißiger hat sich entschlossen, endlich herauszutreten aus der Welt seines Wachsens und Reifens. Oft genug, *bald oder lang* hat er nun schon in Wind und Regen gestanden. Es wird Zeit, ein Ziel sichtbar werden zu lassen – das sich einem, der an seiner Studienprovinz kleben bleibt, wohl nicht zeigen wird. Wir dürfen annehmen: Er kommt auf Schusters Rappen nach Berlin – und beileibe nicht auf hohem Ross. Er kennt dort ein paar Leute. Und weiß vielleicht schon: Dort tut sich jetzt was.

Der junge Kurfürst von Brandenburg hat nämlich auf die von ihm so lange vernachlässigte Doppelstadt Berlin-Cölln ein Auge geworfen. Die verrotteten Verkehrswege sollen wieder brauchbar, die Stadtbefestigungen sicher und das Schloss endlich wieder fürstengerecht gemacht werden. Als Paul Gerhardt eintrifft, bietet die Stadt den Anblick, der sie – eine verbreitete Meinung bis heute – viel öfter als andere Städte kennzeichnen wird: Überall wird gebuddelt.

Kann sein, dass er gleich im Vaterhaus der bejubelten Braut das Dach findet, unter dem er – wie bei den Fleischhauers in Wittenberg – längere Zeit leben wird. Mit Sicherheit ist er später an dieser Stelle zu finden. Andreas Berthold ist Kammergerichtsadvokat und braucht jemanden, der ihm zur Hand geht. Sei's als persönlicher Gehilfe für Alltagsgeschäfte, sei's bei der Unterweisung von Enkeln; man hat die Erwartungen Bertholds an den neuen Mitbewohner nirgendwo genau beschrieben gefunden. Das Haus steht an der südlichen Seite der Spandauer Straße, an deren Ende sich – zur Stadtmauer hin – auch die Heilig-Geist-Kirche befindet.

Es ist für uns an der Zeit, in dem kleinen Flächengebilde der kurfürstlichen Residenzstädte Berlin und Cölln Umschau zu halten. Von der Spree wird die Grenze zwischen beiden gezeigt. In einem Bogenschwung, wie ihn die Mitte eines umgekehrten Buchstaben S zeigt, nimmt sie am nördlichen Ufer Berlin auf; Schloss und Domkirche sowie das ungleich kleinere Cölln befinden sich auf der südlichen Seite. Durch die Lange Brücke (heute Rathausbrücke) und den Mühlendamm sind beide miteinander verbunden.

Von der ganzen südlichen Partie gibt heute nur noch der Schlossplatz eine brauchbare Markierung ab. Der Dom befand sich mit einem Dominikanerkloster ungefähr an der Stelle, an der sich das frühere Gebäude des Vorsitzenden des Staatsrats der DDR mit einem Andreas-Schlüter-Portal schmückt (einem umgesetzten Rest des in DDR-Jahren völlig beseitigten Schlosses). In dem alten Berlin, wo sich Paul Gerhardt vor allem bewegte, finden wir uns immer noch besser zurecht. Der Standort des Rathauses sowie die beiden alten Stadtkirchen St. Marien und St. Nikolai bieten Grund-Orientierung. Für Paul Gerhardt wären darüber hinaus nur noch die Ost-Ansicht, aber auch das Innere der schon erwähnten Heilig-Geist-Kirche zum Wiedererkennen geeignet.

Sie gehörte zum Spital einer barmherzigen Stiftung – und in den Gemeindebezirk von St. Marien. Es handelt sich um eins der ältesten, wenn nicht um das älteste Bauwerk im heutigen Berlin. In ihrem Charakter von außen nur noch nach zwei Seiten erkennbar und nun seit langem schon von einem Universitätsgebäude baulich umgriffen, hat sie zeitweise auch als Mensa gedient. Im Jahre 2005 erst hat ihr eine sorgfältige Innenrestaurierung den alten Charakter wiedergegeben. Von der aufgefrischten *Himmelswiese mit Blumen, Blüten und Blättern* im Kreuzrippengewölbe wissen die Restauratoren zu schwärmen. Und der Besucher kann sich fragen, mit welchen Empfindungen der in Bilder aus der Botanik verliebte Dichter diese Himmelsverheißung von der Kirchendecke ablas.

Konnten sie anders ausfallen als solche Glückserfahrungen, wie er sie am 3. September 1643 den Brautleuten wünschte: *So gehet nun mit Freuden ein / Zu eurem Stand und Orden. / Der Weg wird ohne Schaden sein, / Der euch gezeiget worden: / Es geht ein Englein vornen an, / Und wo es geht, bestreuts die Bahn / Mit Rosen und Violen.* Und in der letzten, der 18. Strophe: *Ein einzig Wunsch vermag den Saal / Des Himmels durch zu dringen, / Hier gehen die Wünsch in voller Zahl, / Sie werden Gutes bringen: / Der Frommen Lohn, der euch bereit, / Euch, die ihr tragt die Frömmigkeit / Im Herzen und im Namen.*

Paul Gerhardts Weise, die Welt zu besehen, die Anschaulichkeit seiner Beschreibung, seine schlichte, immer auf Allgemeinverständlichkeit bedachte Sprache – alles, was seine Besonderheit ausmachen wird, ist in seinem Berlin-Debüt schon vorhanden. Und wenn er mit etlichen Stücken seiner Dichtung noch tiefer, ernstlicher, tröstlicher vordringen wird: Die Werkprobe eines Anfängers ist in diesem Gelegenheitsgedicht nun wirklich nicht zu erkennen. Kein Stolperschritt im Silbenmaß, nichts von angestrengter Reimbastelei, sichere Wortwahl. Dieser Poet weiß, was er kann und was er will. Er beherrscht sein Handwerk, weil er es hartnäckig geübt hat. Und er spart nicht mit Fleiß, weil es ihm beim Abwägen von Längen und Verknappungen im Auf- und Abschwingen der Silben schon um viel mehr als einen beiläufigen Zeitvertreib geht.

Dass er erst in Berlin als Dichter bekannt wird, liegt an den glücklicheren Umständen, auf die er hier trifft. Hier findet er den kongenialen Musiker, der seine Texte vertont: Johann Crüger. Und einen interessierten, verständigen Drucker, der die Lieder schwarz auf weiß unters Volk bringt: Christoph Runge. Weil Johann Crüger neben seiner Arbeit als Lehrer am Gymnasium zum Grauen Kloster auch Chef der Kirchenmusik für ganz Berlin ist, nehmen die eingängigen, gut singbaren Lieder ihren Weg alsbald auch in die Gottesdienste der Kirchen und – weil das zu seiner Zeit nun einmal die öffentliche Quelle und Mitte aller Musik ist – öfter auch hinaus auf die Straßen. Denn dieser Crüger hat einfach das Talent, Eingängiges für das Ohr des Volks zu erfinden.

Sein Name rührt noch vom väterlichen Beruf her: Er ist Sohn eines Gastwirts. Aus der Niederlausitz ist er gekommen. Seine Wanderjahre begann er mit sechzehn. Als Scholar – bevorzugte Lernfächer: Musik und Theologie – kam er in einigen Ländern Europas herum. In Berlin blieb er dann hängen, wurde Hauslehrer und 1622 Kantor an der St. Nikolaikirche. Dieses Amt wurde zur eigentlichen Lebensstellung für ihn. Musiklehreraufgaben am Gymnasium des Grauen Klosters waren damit verbunden. Dort war die Musik Hauptfach. Gymnasiasten bildeten den Kirchenchor. Ihre Leistungen wurden gebraucht. Für die Instrumentalbegleitung gab es die *Stadtpfeiferei*. Über allen durfte er den Dirigentenstab schwingen.

Dass die Inhaber solcher Kantorenstellen selbst komponierten, wurde erwartet. Allerdings werden die Ergebnisse sonst kaum so bemerkenswert ausgefallen sein wie im Falle von Crüger. Er hat das Berliner Musikleben über eine längere Spanne des 17. Jahrhunderts beherrscht – nicht nur als Kantor und begnadeter Melodienerfinder, sondern auch als Musiktheoretiker, Arrangeur und Pädagoge. Dass er bei all dem erfreulichen Umgang mit der Muse ein schweres Leben zu bestehen hatte, lag nicht allein an den Schatten des großen Krieges.

Die meisten seiner neunzehn Kinder – zweimal war er verheiratet – starben ganz früh wieder dahin. Die konfessionellen Streitereien der Zeit zogen ihn in Mitleidenschaft. Weil sich die Kurfürsten für die calvinistische, die reformierte Seite entschlossen hatte, entstanden nicht nur in den Reihen der Pfarrer vielen Lutheranhängern Probleme.

Ohne diesen Bekenntnisstreit hätte auch Crügers Karriere noch weitergeführt. Das Hofkapellmeisteramt stand zur Debatte. Doch daraus konnte dann doch nichts werden: Gar zu lutherisch und *der reformierten Kirche unanständlich* sei er gewesen, hält eine zeitgenössische Notiz fest. Darum sei er dann auch in seinem Schulstaub sitzen geblieben, zuletzt aber doch *in gloriis* – ruhmvoll also – gestorben.

Johann Crügers Melodien verraten einen ausgeprägten Sinn für die Akzente, nach denen die Textaussagen verlangten. Andererseits ging es ihm aber auch nicht um einen die Sprache profilierenden Tiefsinn. Das machte ihn zum idealen Partner für den Poeten Paul Gerhardt.

Als erster in der Berlin-brandenburgischen Landschaft hatte Crüger ein Gesangbuch herausgebracht, das zunächst vor allem dem frommen Hausgebrauch diente. Als 1648 eine erweiterte Neuausgabe folgte, erschien sie unter dem Titel, der sich zu einem unvergleichlichen Auflagenerfolg auswachsen sollte: *Praxis Pietatis Melica* (Musikalische Frömmigkeitspraxis) stand auf dem Titel. Und drinnen waren erstmalig nun auch 18 Lieder Paul Gerhardts zu finden. In jeder Folgeausgabe wurden es mehr. Nach Crügers Tod (1662) – er war über 40 Jahre Stadtmusicus – setzte

Jacob Hintze die Erfolgsserie dieser *Praxis Pietatis* mit zahlreichen weiteren Auflagen fort. Auch Hintze komponierte. Die Melodie zu Paul Gerhardts Choral *Gib dich zufrieden und sei stille* (EG 371) ist von ihm.

Ein zweiter Blick auf Berlin und Cölln zeigt: Viel Staat ist mit den beiden Städten noch nicht zu machen. Gerade hat der Kurfürst (1643) eine Untersuchung befohlen, in der festgestellt werden soll, wie viel Steuern Berlin und Cölln wohl einbringen können, nachdem die kriegerischen Schweden – Schwärmen von Heuschrecken gleich – alles abgegrast haben. Die Einwohnerzahl hat sich durch Tod und Vertreibung etwa halbiert. Von 845 Hausstellen in Berlin sind 300 als *wüst* zu bezeichnen; Gleiches gilt für 150 von 364 Hausstellen in Cölln.

Noch 1660 – zwölf Jahre nach Kriegsende also – gewährt eine neue Brunnen- und Gassenordnung Einblick in die Zustände auf den (noch ungepflasterten) Straßen: *Mist, Müll und dergleichen* darf nicht mehr auf die Gassen geschüttet und liegen gelassen werden; aller Abfall ist sofort wegzufahren. *Alle Schweinekoven, Ställe und dergleichen, so einigen Stank geben könnten, sollen von öffentlicher Gassen weggeschaffet* werden. Für die Pflasterung müssen die Bürger aufkommen. Wer vor seinem Haus nicht ordentlich fegt, zahlt zwei Taler Strafe.

Armeleutegeruch liegt nicht allein über Berlin. Über das ganze Land hat er sich ausgebreitet. Alles bewegt sich – wie eine spätere Zeit sagen würde – auf der Talsohle der Wirtschaft. In dieser Situation kann mit einemmal eine sprichwörtlich arme Berufsgruppe gar nicht genug produzieren. Die deutsche Dichtung erlebt eins ihrer erfolgreichsten Jahrzehnte. Leute der Feder – die Reimeschmiede und so eben auch die Verfasser von geistlichen Liedern – finden auf einmal in weiten Kreisen Beachtung. Freilich, viel bringt das für sie kaum ein. Aber sie finden – wann kommt das schon vor – offene Ohren und offene Herzen. Leicht nachzuempfinden: Lässt sich erst einmal größere Publikumsnachfrage spüren, wächst auch die poetische Inspiration.

Gerhardt-Biograph Petrich kann sich gar nicht genugtun, Namen von Liederdichtern des Jahrzehnts in die Debatte zu werfen: Fleming, Gryphius, Löwenstern, Rist, Heermann, Franck, Rinckart und Spee – um hinzuzufügen: *In keinem von ihnen hat das dichterische Können der Volksseele jener Zeit seine reifste und bleibendste Frucht getrieben, sondern in Paul Gerhardt und seinen geistlichen Liedern.* Und, ein paar Sätze weiter: *Das theologische Jahrhundert hat im geistlichen Liede seine künstlerische Selbstdarstellung gefunden und in Paul Gerhardt seinen Klassiker.*

Es ist wohl vor allem seine Schlichtheit, die solchen Enthusiasmus auslöst und soviel Aufmerksamkeit auf sich zieht. Wo viele jammern, will er das Bleibende zeigen. *Nicht so traurig, nicht so sehr, / Meine Seele, sei betrübt. / Dass dir Gott Glück, Gut und Ehr / Nicht so viel wie andern gibt* (CS 72,1). Ein billiger Trost ist das mitnichten, wo die Erfahrung allen zeigt, wie unsicher und vergänglich Glück, Gut und Ehr sind: *Schaue alle Güter an, / Die dein Herz für Güter hält, / Keines mit dir gehen kann, / Wann du gehest aus der Welt / Alles bleibet hinter dir, / Wann du trittst ins Grabes Tür* (CS 72,5).

Paul Gerhardts erste Jahre in Berlin: Es ist eine Zeitspanne, in der anders über so genannte Werte geredet wird als heute, weil hinter Furcht und Hoffnung andere Erfahrungen stehen. *Nicht so traurig, nicht so sehr* ist eins von den 18 Liedern, die Johann Crüger in die *Praxis*-Ausgabe von 1648 aufnahm. Sechs davon haben sich bis heute im Evangelischen Gesangbuch gehalten, darunter die Tageszeitlieder *Wach auf, mein Herz, und singe* (CS 35, EG 446) und *Nun ruhen alle Wälder* (CS 38, EG 477). Alle miteinander sind sie – vielleicht mit Ausnahme des österlichen Chorals *Auf, auf, mein Herz, mit Freuden* (CS 26, EG 112) – in ihrer Einkehrhaltung mehr der Stille verwandt als zu hymnischem Jubel geeignet.

Paul Gerhardt gewann Freunde. Vor allem der um einen Jahrgang ältere Pädagoge und Dichter Michael Schirmer ist hier zu nennen. Auch ihm begegnen wir immer noch im Gesangbuch. Als Paul Gerhardt nach Berlin gekommen war, führte der Kirchenmusiker Johann Crüger in der Gemeinde gerade ein neues Lied ein; mit den Stimmen der Schüler vom Grauen Kloster konnte ein Adventsgesang Schirmers erklingen, zu dem Crüger selbst die Melodie gemacht hatte: *Nun jauchzet all ihr Frommen / Zu dieser Gnadenzeit / Weil unser Heil ist kommen, der Herr der Herrlichkeit* (EG 9). Außerdem lag auch Schirmers bekanntes Pfingstlied schon gedruckt vor: *O Heilger Geist, kehr bei uns ein / Und lass uns deine Wohnung sein* (EG 130). Spätestens dessen Schluss lässt in Inhalt und Form die enge Geistesverwandtschaft zwischen den frommen Poeten erkennen: *Rühre, führe / Unser Sinnen und Beginnen von der Erden, / dass wir Himmelserben werden.*

Schirmer stammte aus Leipzig und hatte auch seine Bildung von dort mitgebracht. Seit der zweiten Hälfte der dreißiger Jahre unterrichtete er Verskunst bei den Klosteranern. Während einer Pest-Epidemie wurde das Gymnasium geschlossen. Damit setzten auch die Zahlungen der Lehrergehälter aus; der ohnehin bescheiden versorgte *Subrector* suchte als Gast der besser dastehenden Bürger Berlins jeden Tag einen anderen Tisch auf. Mittlerweile hatte er eine Familie gegründet. Die Lebensführung blieb noch auf Jahre bescheiden.

Schirmer gehörte zu den Autoren, die Crüger schon bei der Zusammenstellung seines ersten Gesangbuchs – erschienen 1640 – mit Texten bedienten. Zehn Jahre später konnte Christoph Runge ein Buch drucken, dessen Inhalt ausschließlich der Feder Schirmers entstammte. Vor allem durch Paul Gerhardt blieb das Buch im Gespräch, der als Dichter bereits in höherem Ansehen stand. Er fügte dem Opus des Freundes eine lobende Ode hinzu: *Welt-Scribenten und Poeten / Haben ihren Glanz und Schein, / Mögen auch zu lesen sein, / Wenn wir leben außer Nöten; / In dem Unglück, Kreuz und Übel / Ist nichts Bessers als die Bibel* (CS 57,1).

Damit war der Boden bezeichnet, auf dem beide fest standen. Um eine eigene Vermittlungsform für *Biblische Lieder und Lehrsprüche* – so hieß sein Buch – war es Schirmer gegangen. Was Paul Gerhardt hinzufügten konnte, war ein Freundschaftserweis – schlicht, gerade, unverstellt und in einer Weise bemüht, wie man sie sonst selten antrifft. Wer solche Worte findet, um für Freunde zu werben, gewinnt leicht Sympathie auch für sich selbst.

Unser Schirmer wird's euch lehren,
Wenn ihr, was sein heilger Fleiß
Ihm zum Trost und Gott zum Preis
Hier gesetzet, werdet hören.
Lobt das Werk und liebt den Mann,
Der das gute Werk getan.

(CS 57,7)

Sprich deinen milden Segen
Zu allen unsern Wegen,
Lass Großen und auch Kleinen
Die Gnadensonne scheinen.

Sei der Verlassnen Vater,
Der Irrenden Berater,
Der Unversorgten Gabe,
Der Armen Gut und Habe.

(CS 10, EG 58,11 + 12)

VI

Spuren der Mystik

Wer reist nach Mittenwalde? Die Antwort, die sich Theodor Fontane selbst gab, hieß: *Niemand.* Dass er damit, Generationen später, unter Kennern öfter Heiterkeit auslösen würde, konnte er natürlich nicht ahnen. Denn 1952 reiste einer nach Mittenwalde, um auf dem Platz, den Paul Gerhardt einmal eingenommen hatte, viele Jahre zu bleiben. Beileibe kein Niemand. Aber sein Name klang beinahe so.

Den Pfarrer Arnold Niemann hatte es beruflich nach Mittenwalde verschlagen, und dort nahm der Genius Loci ihn alsbald gefangen. Lag es daran, dass er als Liturg nun in der Predella des alten Altars immer wieder das Schweißtuch der Heiligen Veronika vor Augen hatte, dieses Abbild des leidenden, geschundenen Jesus, bei dessen Anblick sich wie von allein die Anfangsworte des berühmten Paul-Gerhardt-Lieds *O Haupt voll Blut und Wunden* einstellen? Oder lag es an dem vielen alten Papier, das ein Bediensteter des Rathauses einfach nicht wegwerfen wollte? Dieser Mann schaffte die Akten beiseite, wenn sie beim Heizungskeller ankamen, und ließ sie dem Heimatforscher Rudolf Möhring zukommen, welcher zur Auswertung bestimmten Materials wiederum seinen Pfarrer heranzog.

So kam Aktenmaterial aus dem 17. Jahrhundert in Niemanns Hände: Rechnungszeug, ein Teil eines Vertrags, Korrespondenz. Durch etliche Stücke wurden Verbindungen zwischen Berlin und Mittenwalde verdeutlicht. Und da fand sich Erhellendes im Zusammenhang mit Gerhardts Berufung in die an der Straße nach Dresden gelegene alte märkische Stadt. Unter anderem war dem Material zu entnehmen, dass der Berliner Karriere-Theologe Petrus Vehr seine Ehefrau aus Mittenwalde gewonnen hatte – und mit ihr schließlich auch einen Grundbesitz, auf den die Stadtväter Mitte der vierziger Jahre Anspruch auf Erbschaftssteuer erhoben. Seine überaus höflichen Briefe in dieser Angelegenheit lassen erkennen, dass er diese *Contribution* unter gar keinen Umständen aufbringen wollte. Man meint beim Lesen geradezu, neben aller freundlichen Ehrerbietung, um die Vehr sich bemühte, ein nicht zu unterdrückendes Zähneknirschen zu hören.

Unterdes hatte die ländliche Stadt noch ein anderes heikles Problem und bedurfte dazu aus Berlin der Hilfe durch die Kirchenbehörde. In ihrer Moritzkirche war nach dem Tod des langjährigen Propstes dessen Stelle vakant. Es war zwar ein Diakon da, der sich um die freigewordene Stelle bewarb, aber den wollten die Stadtoberen unter keinen Umständen als Nachfolger sehen.

Auf der Suche nach einem möglichst hochkarätigen Mann erbaten sie Rat aus Berlin. Von dort gab das geistliche Ministerium alsobald Antwort: *...den Ehrenvesten, Vorachtbaren und Wohlgelahrten Herrn Paulum Gerhardt, S. S. Theol. Cand.* könne man bestens empfehlen. Einmütig sangen die Absender das Loblied einer *Person ... deren Fleiß und Erudition (Erziehung) bekannt, die eines guten Geistes und unge-*

fälschter Lehren, dabei auch eines ehr- und friedliebenden Gemüthes und christlich untadelhaften Lebens ist, daher er auch bei Hohen und Niedrigen unseres Orts lieb und wert gehalten und von uns allezeit das Zeugnis erhalten wird, daß er auf unser freundliches Ansinnen zu vielen Mahlen mit seinen von Gott empfangenen werthen Gaben um unsere Kirche sich beliebt und wohl verdient gemacht hat.

Des Lobes voll also, anders war dieser Bescheid aus Berlin nicht zu lesen. Wenn es so aussah mit den Qualitäten eines ernsthaft in Frage kommenden Nachfolgers für den gestorbenen Propst, fiel es viel leichter, die Qualitäten des bereits am Ort lebenden Diakons zu übergehen.

Allerlei Umstände persönlicher Art mochten im Spiel sein. Die Häupter der Stadt hatten etwas gegen den Diakon, der die Nachfolge gern antreten wollte, und die Verantwortlichen in Berlin wollten bei guter Gelegenheit etwas für Paul Gerhardt tun. Die Motive sind hier wie dort nicht ganz zu durchschauen. In den Akten wurde keine direkte Auskunft gefunden. Man kann nur ahnen: Im Hintergrund hat es kräftig gemenschelt.

Für eine reichlich filzige Angelegenheit ist an dieser Stelle nun über ein paar Sätze hinweg Geduld zu erbitten. Paul Gerhardt hat mit der ganzen Sache nur mittelbar etwas zu tun. Eine Kungelei, bei der verschiedene Leute meinen, sie könne zu aller Vorteil gedeihen: Hilfst du mir in meiner Sache, komme ich deinen Wünschen sehr gern entgegen.

Zu den Berlinern, die Paul Gerhardt so warmherzig empfahlen, gehörte Petrus Vehr. Er war Archidiaconus – Inhaber der 1. Pfarrstelle – an der St. Nikolaikirche, gleichzeitig Propst (Vorgesetzter der Pfarrer) an allen beiden großen Stadtkirchen Berlins. Sein Interesse, in Mittenwalde gute Stimmung für sich zu machen, kennen wir schon. Ob die dortigen Stadtväter bei Vehr tatsächlich Ansprüche auf Erbschafts- und Kriegssteuer gegen ihn erhoben oder ob er lediglich Furcht vor solchen Ansprüchen hatte, ist nicht ganz deutlich. Aber er hielt es für richtig, zu seinem Schutz eine in der Kirchenhierarchie noch über ihm stehende Autorität einzuschalten. In einem Brief nach Mittenwalde machte sich der Chef der Kirchenverwaltung, der Konsistorialpräsident, für ihn stark.

Er, Doctor Petrus Fritze, hielt dem Magistrat vor, es gehe lediglich um einen *ein wenig vor ewerer Statt gelegenen Acker.* Dem Wert dieses Erbes, so gab der Präsident zu erkennen, seien *Abschoß* (Erbschaftssteuer) und *Auflegung übermäßiger Contribution* (Kriegsabgabe) jedenfalls nicht angemessen. Seine Bitte lief darauf hinaus, den *Abschoß* zu erlassen und die *Contribution* – wenn sie denn schon nicht ganz erlassen werden könnte – *erträglich* zu halten. Die Hoffnungsformel am Briefschluss ist dann leicht als Hinweis zu lesen, wie eine Hand doch immer die andere wäscht: *Also wird Er* (Propst Vehr) *auch vor* (für) *seine Person diese ewere wilfahrung mit angenehmer Danckbarkeit zu erkennen wissen.*

Die Auseinandersetzungen darüber werden sich noch einige Jahre lang hinziehen. Arnold Niemann kommt bei der Auswertung der ihm zugänglich gewordenen Quellen zu dem Schluss, dass sie 1651 – eher in Form eines Kompromisses – zu einem Ende gekommen sein dürften. Also in dem Jahr, in dem der Magistrat von Mittenwalde in die Ämter des Kirchen- und Schulaufsehers einen Mann von außen berufen möchte.

Der bei ihnen schon tätige Bewerber kam – wie schon angedeutet – für die Verantwortlichen überhaupt nicht in Frage. Es muss eine Affäre gegeben haben. Aber wie sah die aus? Niemann erinnert sich mündlicher Mitteilungen seines Gewährsmannes Wöhrmann, er habe zur Unbotmäßigkeit des Diakons Alborn gegenüber dem Bürgermeister Notizen gesehen. Träfen diese freilich unbelegten Vorwürfe zu, müsste man sagen: Es ging um nichts weniger als Korruption. Weil das Geld im Stadtsäckel knapp war, hatte sich die Kommune bei ihrem Oberhaupt aus dessen Privatmitteln 1 000 Taler geliehen – zu einem Zinssatz von sechs Prozent. Dabei erhielten andere Darlehensgeber nur drei Prozent oder vier. Darüber also soll sich Alborn öffentlich aufgeregt haben. Und zwar sogar von der Kanzel.

Was die geschilderten Zinspraktiken betrifft: Sie sind aus dem von Niemann ausgewerteten Aktenfund zu belegen. Leider (vielleicht auch: verständlicherweise) gilt das nicht für das behauptete Aufbegehren von Alborns Seite. Zu erkennen ist immerhin, dass er seine Tätigkeit in der Gemeinde von Mittenwalde nach der Berufung Paul Gerhardts eigentlich nicht fortsetzen wollte. Erst auf Bitten der Stadtväter, er möge *bei dieser Kirchen und Gemeine verbleiben, undt dieselbige nicht verlassen, auch Herrn Paulo Gerharden die vocation* (Berufung) *zum Propstey Ambte willig gönnen* zu wollen, entschloss er sich anders.

In der zitierten Formulierung wurde diese Zusage von Alborn unterschrieben. Der Stellenmarkt hatte Predigern wenig zu bieten. Von Mittenwalde schied ihn dann erst der Tod. Dass die Kränkung ihn tief getroffen haben muss, ist leicht vorzustellen: Hatte er sich doch als Prediger bei den Menschen in der Stadt schon einen Namen gemacht. Unlauterkeit war ihm nicht vorzuwerfen. Und nun sollte er einen Vorgesetzten hinnehmen, der nach Jahren ohne feste Anstellung und ohne jede Praxiserfahrung in täglicher Gemeindearbeit von draußen hereinkam. Wen kann es wundern: Er fühlte sich nicht gut behandelt.

Dennoch gibt es keine Anhaltspunkte für Disharmonie zwischen den miteinander tätigen Seelsorgern Gerhardt und Alborn. Die von Paul Gerhardt zu bewohnende Propstei – offenkundig schlimm heruntergekommen – nahm erst allmählich die wünschenswerte Gestalt an. Der neue Pfarrer musste sich noch längere Zeit mit Provisorien abfinden. Arnold Niemann kann eine ganze Reihe Belege für handwerkliche Arbeitsgänge aufzählen, die erbracht werden mussten, ehe der neue Pfarramtsleiter einziehen konnte.

Das Haus befand sich irgendwo bei der heutigen Ecke Paul-Gerhardt- und Kirchstraße am Rande des Kirchhofgeländes: Erd- und Obergeschoss mit jeweils einer Stube und einer Kammer. Die Unterkammer wurde auch Mägdekammer genannt; unten gab es auch die Küche und ein Badestübchen. Oben konnte der Pfarrer die Predigt entwerfen und seine Schreibarbeit machen. Seine Handschrift im Kirchenbuch verriet ihn dabei als Ästheten. Nur bei Rechnungssachen ging er nachlässiger vor – da ließ er es gern bei hastigen Krakeleien bewenden.

Besonderen Interesses konnten sich bei ihm alte Andachtstexte erfreuen, in die er sich nicht nur zu eigener Erbauung vertiefte. Es ging ihm darum, ihren Inhalt mit den Mitteln seiner Kunst neu zu formulieren und für das Empfinden seiner Zeitgenossen eingängig zu machen.

Darunter lateinisch geschriebene Betrachtungen, die man Bernhard von Clairvaux, dem Ordensbegründer der Zisterzienser (gestorben 1153), zuschrieb. Auch Paul Gerhardt verstand Bernhard als Urheber dieser Literatur.

In der Zuneigung zu diesem in der katholischen Kirche als heilig verehrten Mann konnte er sich auch wieder auf Luther berufen – der hatte von dem Mystiker ja ebenfalls manches gelernt. Was von ihm über die Generationen hinweg bewahrenswert blieb, kann für unsere Gegenwart noch der Zisterziensermönch Bernardin Schellenberger (geboren 1944) aufzählen: *die Liebe zum Wort Gottes, die innere Verbindung von Selbsterkenntnis und Gotteserkenntnis, den Vorrang des Einzelnen, die Berufung auf die eigene Erfahrung in der Theologie.* Freilich, manche Theologen griffen auch noch in ganz anderer Weise auf Bernhard zurück und fügten dem, was man über ihn wusste, schwärmerisch noch allerhand Legendäres hinzu. Die Bezeichnung als „honigsüßer Lehrer“ etwa und die seltsame Geschichte von der Muttermilchspende, welche die Gottesmutter dem frommen Manne gewährt haben sollte.

Lutherisch war das überhaupt nicht. Paul Gerhardt hielt sich an einen Text, der ihm vorlag und der dazu bestimmt war, zur Meditation über das Leiden des Herrn anzuleiten: Körperteil für Körperteil, Hymne für Hymne wurde das Bewusstsein vom Leiden Jesu anschaulich gemacht und vertieft: Füße, Knie, Hände, Seite, Brust, Herz und Gesicht wurden zu gedanklichen Brückenpfeilern für Meditationen über die Passion Jesu.

Sei mir tausendmal gegrüßet, / Der mich je und je geliebt, / Jesu, der du selbst gebüßet / Das, womit ich dich betrübt (CS 18). Mit diesen Worten beginnt der Weg der andächtigen Betrachtungen, die sich um die Vorstellung der von Nägeln durchdrungenen Füße bewegen. So will es der lateinische Text der Vorlage; Paul Gerhardt hält daran fest. Und beim innig empfundenen Grüßen bleibt es, wenn der Blick mit den darauf folgenden Texten weitergeht und die anderen Folterspuren am Leib des Gekreuzigten aufsucht: *Gegrüßet seist du, meine Kron / Und König aller Frommen* … (CS 19): So gilt es den Knien. Im nächsten Lied werden die Blutungen der Hände in der Anbetung des Dichters zu Rosen. *Sei wohl gegrüßet, guter Hirt, / Und ihr, o heilgen Hände / Voll Rosen, die / Man preisen wird / Bis an des Himmels Ende* (CS 20).

Nun sind solche mystischen Vorstellungen gewiss nicht jedem Christen eingängig. Mystik kann Bilder aufsuchen, die für manchen schon in anderer Weise besetzt sind – was manche Doppeldeutigkeiten erklärt, die von einem anders disponierten Gemüt auch in Paul Gerhardts Lyrik entdeckt werden können. Bei Fernstehenden wird es öfter heißen, Sigmund Freud lasse grüßen. Manche Empfindung, die sich in blumiger Formulierung ausdrückt, ist tatsächlich von Erotik nicht frei, und manche Metapher kann den Leser auf Abwege führen. Übrigens kommt Blutmystik auch bei anderen Barockdichtern vor.

Das zu verarbeiten liegt ganz beim Leser, seinem Weltempfinden und seiner Lebensverfassung. Wer die Psychologie der Moderne ins Spiel bringt, muss auch daran denken, wie viel sie ins Unterbewusste oder Unbewusste zurückzuführen gelehrt hat. Unsereiner tut sich nicht leicht mit solchen Texten. Und darum ist es kein Wunder, dass nur eine einzige der Gerhardtschen Reim-Meditationen aus dem *Passions-Salve an die leidenden Glieder Christi* in den Gottesdiensten und bei unzähligen Trauerfeiern noch in Gebrauch ist: *O Haupt voll Blut und Wunden* – der Choral, der ebenfalls das Motiv des *Salve* aufnimmt: *Gegrüßet seist du mir.*

Das Evangelische Gesangbuch hält die zehn Strophen unverkürzt fest (EG 85). Sieben Strophen hat das katholische Gotteslob übernommen (GL 179). Dass man dort auch aus dem siebenstrophigen Lied *O Herz des Königs aller Welt* (GL 549) drei Halbstrophen findet (aber nun doch in leicht veränderter Form), legt vielleicht ein beredtes Zeugnis dafür ab, dass die mystische Annäherung ans Göttliche auch im Ritual römisch-katholischer Prägung heute mit größerer Zurückhaltung gesucht wird als von dahingegangenen Generationen.

Wenn wir nun schon einmal dabei sind, Paul Gerhardt an seinem Mittenwalder Schreibtisch über die Schulter zu blicken, darf uns ein zweiter Zyklus seiner dort entstandenen Glaubenspoesie ebenfalls nicht entgehen. Quelle dafür ist das *Paradiesgärtlein aller christlichen Tugenden* von Johann Arndt, der 1555 bis 1621 gelebt hat. Schon der Titel lässt ahnen: Wir betreten abermals die Blumenbeete der Mystik. Doch Johann Arndt steht Paul Gerhardt zeitlich viel näher als der genannte Leib-Christi-Mystiker (nach neueren Ansichten statt Bernhard von Clairvaux möglicherweise der noch frühere Arnulf von Soisson), dem Gerhardt dichtend auf seinen Meditations-Schritten gefolgt war.

Auch Arndt war Lutheraner. Außerdem trat er in die Fußspur der Mystik und machte daraus kein Hehl. Die Haltung, die sich daraus ergab, hatte ihn unter gleichgesinnten Zeitgenossen zu einem vielbeachteten Glaubenslehrer gemacht. Nicht nur mit seinem Hauptwerk, den Büchern *vom wahren Christentum* (1605) wurde er zum Starautor unter den Erbauungsschriftstellern. Der Straßburger Buchtitel *Geistliches Brodkörblein, darinnen die übrigen Brosamen der überschönen, vortrefflichen Meditationen Herrn Arndts zu befinden* (1625) kann uns hier nur eine Kostprobe für die Fülle seines umfangreichen publizistischen Werkes anbieten.

In seinem praktischen Dienst in der Gemeinde war Arndt auffällig geworden, weil er sich gegen die Abschaffung des Exorzismus bei der Taufe verwahrte. Damit stand er nicht allein da – und das entsprach im übrigen dem Taufbüchlein von Martin Luther, der an diesem Taufritual ebenfalls festhielt. Treue zu Luther bestimmte schließlich für ihn auch die Richtung, als er einer Berufung nach Quedlinburg folgte – im Anhaltischen waren ihm die kirchlichen Verhältnisse zu calvinistisch geworden. Sodann wurden die Lutherstadt Eisleben und Braunschweig für ihn weitere Lebensstationen; als Generalsuperintendent ist er in Celle gestorben.

Von Paul Gerhardt gab ein Zeitgenosse eine Personenbeschreibung, nach der man ihn immer mit Arndts *Paradiesgärtlein* unterm Arm antreffen könne. An seinem Schreibtisch jedenfalls war die berühmte Andachtsschrift meistens zur Hand. Nach Arndts Absicht sollte das Buch für den Glauben praktische Anleitung geben. Er hatte genaue Ansichten darüber, was man beim Beten aussprechen kann und wie man überhaupt beten soll. Paul Gerhardt hat es beherzigt und Textabschnitte daraus in Strophen verwandelt – in der Absicht, die wir nun schon kennen: Was sich reimt, ist bei häufigerer Wiederholung leicht auswendig zu lernen. Und: Was man einmal singen kann, vergisst sich nicht so leicht wieder.

So kommt es, dass wir – umgewandelt aus Überlegungen von Johann Arndt und Dank der emsigen Herausgeberschaft von Johann Crüger – über sechs Gesänge Paul Gerhardts zum *Paradiesgärtlein* verfügen können – vorausgesetzt, ältere Drucke sind uns zur Hand. Dass man sie weder im Evangelischen Gesangbuch noch im Gotteslob finden kann, spricht dafür, dass die Redaktionskommissionen auch dieses Liebesseufzen aus der Mystik den modernen Gemeinden einfach nicht mehr zumuten mochten. Zu fern ist es heutigem Empfinden gerückt.

Aber es bleibt erstaunlich, wie Paul Gerhardt die Gedankenpassagen des um ein halbes Jahrhundert älteren Johann Arndt aufnimmt und wie sie sich bereits in seiner Umsetzung verwandeln. Greifen wir wenige Sätze der beiden Autoren aus einem Gebet um die Liebe Christi heraus.

Bei Arndt liest es sich so: *Ach du schönster Liebhaber / was ist doch / dass ich an deiner Liebe nicht habe? / Sie ist ja meine Weide / meine volle Genüge / meine Speise und Trank / mein Himmel-Brodt / mein süßer Wein / meine Freude / mein Friede / meine sanffte Ruhe / mein Leben / mein Licht / mein Heil / meine Seligkeit / mein Reichthum / meine Lust / meine Ehre / meine Zierde / mein Schmuck / meine Herrligkeit. Ach, wenn ich deine Liebe verliere / was hab ich denn? …*

Und bei Paul Gerhardt ist es die zwölfte von sechzehn Strophen in dem Lied *O Jesu Christ, mein schönstes Licht: Was ists, o Schönster, das ich nicht / In deiner Liebe habe? / Sie ist mein Stern, mein Sonnenlicht, / Mein Quell, da ich mich labe, / Mein süßer Wein, mein Himmelsbrot, / Mein Kleid vor Gottes Throne, / Meine Krone, / Mein Schutz in aller Not, / Mein Haus, darin ich wohne*. Die dreizehnte Strophe setzt an: *Ach, liebes Lieb, wann du entweichst / Was hilft mir sein geboren?*

Vergleichende Interpreten sind sich darin einig, dass sie die von Paul Gerhardt gefundene Form als ungleich schlichter empfinden. Verwendet er auch kaum andere Worte, so gibt zumindest sein Versmaß für unser Empfinden dem Sprachschwall Arndts einen wohltuenden Halt; in der Gestalt des Liedes wird die Ansammlung von Worten, die an

Liebesgestammel erinnert, bündig und griffig – unabhängig davon, ob der Leser so ein Gebetsformular zu eigener Frömmigkeitsübung anwenden möchte oder auch nicht.

Vergleicht man Paul Gerhardt mit anderen bekannt und berühmt gebliebenen Dichtern der Zeit, dann nimmt sich sein Lebenswerk eher schmal aus. 139 deutsche Gedichte und Lieder sowie fünfzehn lateinische Gedichte zählt Christian Bunners. Demgegenüber können andere Barockpoeten mit Produktionen drei- oder auch vierfachen Umfangs aufwarten. Wenn es auch bei manchen Größen der Literaturgeschichte in den Reim-Scharnieren mitunter stark quietscht, weil sich ein richtig passender Reimklang einfach nicht einstellen wollte – bei Gerhardt wird man so einen Fall vielleicht manchmal in der Gelegenheitslyrik, ganz selten in Glaubensliedern antreffen.

Daraus lässt sich schließen: Ein Glückwunsch oder ein Nachruf muss zu einer bestimmten Stunde vorgelegt werden können; am noch Unvollkommenen ist dann eben nichts mehr zu ändern; als Ausdruck freundlicher Stimmung bleibt es allemal tauglich. Wo dagegen Kernfragen des Lebens im Spiel sind, kann es billige Tricks niemals geben; Texte, die entsprechenden Aussagen dienen, müssen wieder und wieder durch die Läuterung gehen. Dass er dabei eher mit sich selbst und seinem Gott zu Rate ging, als über ein Problem in größerer Runde zu diskutieren, legt einem das häufige Ich-Du-Gespräch in seinen Texten unbedingt nahe. Dafür sprechen auch noch alle Versuche der bildenden Künstler verschiedener Zeiten, sich ein lebendiges Bild von ihm zu machen. In den Ergebnissen ist er immer allein mit dem Gekreuzigten und mit der Bibel zu sehen.

Aus solchen Einzelheiten hat sich oft das Bild eines Sonderlings hergestellt. Zu Unrecht, wie Paul-Gerhardt-Forscher, die es genau wissen wollten, festgestellt haben. Dass er in seiner persönlichen Liebenswürdigkeit und Lauterkeit von vielen geschätzt, ja: verehrt worden ist, hat in mühsamer Kleinarbeit vor allem Arnold Niemann mit seinen Untersuchungen zu den Taufpatenschaften belegt, die Gerhardt nicht nur auf Bitten aus dem Freundes- und Kollegenkreis einging. In allen Kreisen, bei Adligen und kleinen Leuten – so Niemanns Ergebnis –, gab es Interessen, Kinder mit dem frommen Mann (oder auch seiner Frau) in Beziehung zu setzen.

Ähnlich scheint sein Verhältnis zu denjenigen beschaffen gewesen zu sein, mit denen ihn unmittelbare Zusammenarbeit verband. Dass Dichter gern seine Empfehlung einholten, ehe sie ihre Texte zum Drucker brachten, kann man – bei Johann Heinzelmann etwa, bei Joachim Pauli, bei Michael Schirmer – immer wieder feststellen. Dafür, wie sehr kirchliche Kreise ihm förderlich sein wollten, sprach das Bemühen, ihn über Mittenwalde endlich in die Pfarrerlaufbahn zu bringen.

Eine Art kollegialer Hochachtung verrät sich vor allem bei dem Musiker, der die meisten Paul-Gerhardt-Lieder unters Volk gebracht hat, bei Johann Crüger. Dass der Komponist dem Textautor auch kritische Maßstäbe gesetzt haben muss, stand bisher noch kaum zur Diskussion. Es gibt aber Hinweise darauf, dass Texte, die an historische Ereignisse anknüpfen, manchmal erst Jahre später mit Crügerschen Noten allgemein zugänglich gemacht worden sind. Daraus lässt sich leicht schließen, dass die Wortfassung dem Dichter als noch nicht ausgereift galt und dass er ihr erst mit zeitlichem Abstand die erwünschte Abrundung gab.

In solchem Zusammenhang muss man abermals daran denken: Fast nur in gedruckter Form ist Paul Gerhardts Dichtkunst auf die Nachwelt gekommen. Was er einmal als unfertig oder nicht ganz gelungen beiseite gelegt hat, dürfte sich höchstens in einzelnen Ausnahmefällen noch auffinden lassen – und damit bleibt seinen Lesern auch ein brauchbarer Schlüssel zu besserem Verständnis persönlicher Besonderheiten verwehrt. Für die Überzeugung, dass sein Gesamtwerk viel umfangreicher gewesen sein muss, gibt es indes allen Grund.

Die *Praxis Pietatis Melica* Johann Crügers hatte in der Ausgabe von 1648 18 Lieder von Paul Gerhardt enthalten. Zu dieser Zeit lebte der Dichter noch in Berlin. Die folgenden Ausgaben von 1653 und 1656 fielen in seine Mittenwalder Zeit. Was darin neu war – darunter seine bekanntesten, beliebtesten und erfolgreichsten Lieder – dürfte von Mittenwalde aus druckfertig gemacht worden sein. Jedenfalls gehören die stark mystisch inspirierten Texte dazu: die genannten Passions-Meditationen und die Nachdichtungen zum *Paradiesgärtlein* von Johann Arndt.

Wenn *O Haupt voll Blut und Wunden* von der Bildbetrachtung am Mittenwalder Altar jedenfalls mitbestimmt war, so lässt *Befiehl du deine Wege* auf eine bemerkenswerte Ausgeglichenheit schließen, die der Dichterpfarrer während des größten Teils seiner Jahre in Mittenwalde erlebt hat. Reinste Glücksgefühle sind aus *Sollt ich meinem Gott nicht singen?* zu lesen. Und wenn er zu Ostern die Auferstehung besingt, kann man den Eindruck haben, es falle ihm schwer ein Ende zu finden: In *Nun freut euch hier und überall* (CS 27) wird nicht weniger als 36 Strophen lang osterselig jubiliert – bis in den Gebetston, der sich in Zuversicht die eigene Auferstehung ausmalt: *Ich will von Sünden auferstehn, / Wie du vom Grab aufstehest: / Ich will zum andern Leben gehen, / Wie du zum Himmel gehest. / Dies Leben ist doch lauter Tod, / Drum komm und reiß aus aller Not / Uns in das rechte Leben* (CS 27,36).

Gewissheit des Himmels, des anderen, des rechten Lebens: Wer darüber verfügt, findet auch im irdischen Dasein Hinweise darauf, in denen sich ein Weg zur Seligkeit öffnet. Man muss die Augen nur weit offen halten. *Der Weizen wächset mit Gewalt, / Darüber jauchzet Jung und Alt / Und rühmt die große Güte / Des, der so überflüssig labt / Und mit so manchem Gut begabt / Das menschliche Gemüte. // Ach, denk ich, bist du hier so schön / Und lässt du uns so lieblich gehen / Auf dieser armen Erden / Was will doch wohl nach dieser Welt / Dort in dem festen Himmelszelt / Und güldnem Schlosse werden* (CS 40,7+9, EG 503,7+9).

Geh aus, mein Herz: Die Hymne an den Sommer mit der ganzen Lebensfreude, die von ihr ausgeht, erfüllt das Gemüt immer wieder. Wer über soviel Mittenwalde-Erfahrung verfügt wie Arnold Niemann, wird an dortigen Wegen selbst einen Platz finden, an dem Paul Gerhardt der Anfang zu seiner Sommer-Hymne gekommen sein dürfte. Und wird in Gedanken mit dem Dichter Zwiesprache halten, um ihn womöglich zu fragen, was man denn anstellen müsse, um sich so fromm und munter zu fühlen. Seine Antwort aus dem Fundus Mittenwalder Liedschöpfungen lässt nicht auf sich warten: *Dem Herren musst du trauen, wenn dirs soll wohlergehn, / Auf sein Werk musst du schauen, wenn dein Werk soll bestehen. / Mit Sorgen und mit Grämen / Und mit selbsteigner Pein / Lässt Gott ihm gar nichts nehmen, / Es muss erbeten sein* (CS 84,2, EG 361,2).

Zu dem Lied *Befiehl du deine Wege* ist das übrigens die 2. Strophe. Man muss einmal das Evangelische Gesangbuch bei der Nummer 361 aufschlagen und nur die Strophenanfänge lesen, dann kommt man auf das Psalmwort, von dem Paul Gerhardt zu dem ganzen Lied angeregt worden ist: Psalm 37, Vers 5 – *Befiehl dem Herrn dein' Weg und hoff auf ihn, er wird's wohl machen* – Mit dem Reimklang des abschließenden Verbs schwingt sich der Dichter zu einem ganz neuen Gedanken auf, indem er in komplizierter Wort-Jonglage überraschend einen nicht zu vermutenden Buchstaben hinzunimmt. Und so wird aus *machen* der Anfang zum vielzitierten *MachEn-d, o Herr, mach Ende / An aller unsrer Not; / Stärk unsre Füß und Hände / Und lass bis in den Tod / Uns allzeit deiner Pflege / Und Treu empfohlen sein, / So gehen unsre Wege / Gewiss zum Himmel ein.*

Das Schmunzeln, das den Autor überkam, nachdem dieser Scherz auf dem Papier stand, möchte man gern einmal sehen. Dem Leser und ungezählten Sängern zeigt sich spätestens hier, dass dieser Mitarbeiter seines Herrgotts in der Mittenwalder Periode ernsthaftester Arbeit durchaus sehr verspielt – und das heißt: mit großem Vergnügen – nachgehen konnte. Warum nur, kann man sich fragen, hat er es mit einem vergleichbar heiteren Entzücken nicht auch einmal zu einem Liebeslied in ganz eigener, ganz persönlicher Sache gebracht?

Eine Frage, die gestellt werden muss. Ledig gebliebenen evangelischen Pfarrern wurde ja von Vorgesetzten und Freunden oft dringend geraten, sich endlich nach einer Ehefrau umzuschauen. Das geschah wohl nicht selten auch im Interesse der Arbeit in der Gemeinde. Denn was sich dort abspielt, hat naturgemäß oft in einem ganz allgemeinen Sinn mit den Regungen des Herzens zu tun – und bleibt naturgemäß für manche Missverständnisse offen.

Also, bitte: Mittlerweile ist Paul Gerhardt, der sich so schöne Lieder einfallen lässt, fast achtundvierzig.

Nicht einmal der Klatsch scheint in der Lage zu sein, ihm auch nur aufkeimende Zuneigung zu einer Person des anderen Geschlechts zu unterstellen. Das ganze Thema kommt – soweit man es erkennen kann – bei ihm gar nicht vor. Das liegt auch wieder an der Spärlichkeit der Informationen, die wir über ihn haben. Geht es um himmlische Dinge, lässt er sich ins Herz schauen. Bei so irdischen Angelegenheiten hingegen nicht.

Im Sommer 1654 ist er einmal nicht als Pfarrer, sondern als Pate an der Taufe eines Mittenwaldeschen Kindes beteiligt. Neben ihm gibt es eine Patin, die er schon lange kennt. Aus Berlin ist sie herübergekommen: Anna Maria Berthold, Tochter des Kammergerichtsadvokaten und Hausvaters Berthold, bei dem er während seiner Berliner Anfänge als Hauslehrer oder auch einfach als gebildete Hilfskraft in Dienst und Logis war.

Bald nach dieser Taufe trifft ein von Paul Gerhardt entsandter Brautwerber an Bertholds Tür in Berlin ein. Mit der Verlobung nimmt das Bündnis festere Form an. In den ersten Wochen des folgenden Jahres wird die Ehe im Berliner Haus Berthold geschlossen. Propst Vehr vollzieht die Trauung. Man kann sich die Versammlung der Gratulanten vorstellen: Leute aus Kultur, Verwaltung, Justiz – gepflegte Gesellschaft. Ohne Johann Crüger wird man sich die Freundesschar jedenfalls nicht denken können – ohne ihn wäre die Bekanntheit des Bräutigams als Dichter schließlich kaum denkbar. Hat er als Hochzeitsgabe eine neue Musik mitgebracht, gibt's von einer Kurrende aus dem Grauen Kloster ein Ständchen? Unsere Neugier wird einmal mehr schlecht bedient.

Von Anna Maria, der Braut, ist immerhin zu erfahren, dass sie über einen langen Zeitraum ihre alte, hinfällige Mutter gepflegt hat, die allerdings in den Wochen, in denen Paul Gerhardt seine Übersiedelung nach Mittenwalde betrieb, von der Last ihrer Jahre erlöst ward. Ende 1651 also. Über Gedankenaustausch, Blicke, Liebesbriefe gar zwischen der – nun auch schon in die Jahre kommenden – Jungfrau Anna Maria und dem späten Pfarrer ist nichts zu vermelden. Wir sehen nur das Ergebnis: Innerhalb eines halben Jahrs ist sie bei ihm und unter der Haube.

Was über den Anfang des Familienlebens erzählt werden kann, fasst eine Gedenktafel an der Kirchenwand von St. Moritz zusammen: *Maria Elisabeth, Pauli Gerhardts, damahligen Probstes allhier zu Mittenwalde und Anna Maria Bertholdin erstgebohrnes Töchterlein… hat allier ihr ruhebettlein* … Hinzugefügt ist ein Satz aus dem 1. Buch Mose, den der spätere Erzvater Jakob zu Pharao sagt: *Wenig und böse ist die Zeit meines Lebens.* Das Sterbejahr des nicht einmal ein Jahr alt gewordenen Kindes (1657) markiert zugleich den Abschied Paul Gerhardts und seiner Frau aus dem Städtchen des vor Berlin gelegenen Spreelands. Es ist das Jahr, in dem Johann Crüger abermals eine neue Auflage seiner sangbaren „Frömmigkeitspraxis“ herausbringt – wieder mit neuen Liedern auch aus Mittenwalde.

In der Schilderung von Rundgängen durch die St. Moritzkirche von Mittenwalde stellt sich oft mit Hinweis auf Paul Gerhardts hiesige Lebenskapitel eine Stimmung von Melancholie ein. Hier die von Engelchen umgebene Tafel, die uns des frühgestorbenen kleinen Mädchens gedenken lässt (und damit nur des ersten Trauerfalls in einer Familie, bei welcher der Tod auch weiterhin ein- und ausgehen sollte). Dort die schmerzerfüllten Gesichtszüge des Gottes- und Menschensohns unten am Altar (und dazu die oft erzählte Geschichte, die von der Ermordung eines Vorgängers im Pfarramt an dieser Stelle berichtet). Der düsteren Gedanken, die einen angesichts dieser verderbenschwangeren Jahre befallen, soll man sich gewiss nicht erwehren.

Über Eheglück würden Menschen von heute im allgemeinen gern etwas anderes hören als über jene Verbindung zwischen zwei Leuten, die im Berlin-brandenburgischen um die Mitte des 17. Jahrhunderts zustande kam. Happy End war nicht Bestandteil des Lebenskonzepts. Dass Ehen im Himmel geschlossen würden, war ohnehin der Gedanke einer Zeit, die erst noch kommen sollte. Was indes Gleichklang der Seelen und gegenseitige Fürsorge vermögen, lässt sich ahnen, wenn für diese Ehe das Ende absehbar wird und beide wissen, dass ihre gemeinsame Hoffnung darüber hinausreicht.

Dieser Gedanke, mit dem wir im Verlauf dieser Ehe schon ein wenig vorgreifen, verstärkt ihre gegenseitige Bindung wohl schon in Mittenwalde. Er macht Mut und öffnet Wege, in die einen ein unversehens eingetroffener Bote hineinrufen kann. Ende Mai 1567 bringt er die Nachricht, dass Berlin Paul Gerhardt als Diakonus an St. Nikolai haben möchte. Anna Maria wird – da muss man nicht lange rätseln – gern mitgehen, um altvertraute Lebensumstände wiederzufinden. Und für ihn, Paul Gerhardt, wird es eine Herausforderung sein, in einem äußerst anspruchsvollen Kollegium zu arbeiten und die Verbindung zu gleichgesinnten Künstlerkollegen, nicht zuletzt zu Johann Crüger, womöglich noch fruchtbarer werden zu lassen. Die Verse, die er in Berlin dem Druck geistlicher Lieder seines Freundes Joachim Pauli hinzufügen wird, sprechen davon, worauf seine Wünsche hinausgehen:

Unter allen, die da leben,
Hat ein jeder seinen Fleiß
Und weiß dessen Frucht zu geben;
Doch hat der den größten Preis,
Der dem Höchsten Ehre bringt
Und von Gottes Namen singt.

Unter allen, die da singen
Und mit wohlgeformter Kunst
Ihrem Schöpfer Opfer bringen,
Hat ein jeder seine Gunst;
Doch der ist am besten dran,
Der mit Andacht singen kann.

(Zu „Vier geistliche Lieder“
von Joachim Pauli, CS 48)

Wohl dem Menschen, der nicht wandelt
In gottloser Leute Rat.
Wohl dem, der nicht unrecht handelt
Noch tritt auf der Sünder Pfad…

Wohl dem, der mit Lust und Freuden
Das Gesetz des Höchsten treibt
Und hie, als auf süßer Weiden,
Tag und Nacht beständig bleibt;
Dessen Segen wächst und blüht
Wie ein Palmbaum, den man sieht
Bei den Flüssen an der Seiten
Seine frischen Zweig ausbreiten.

(Aus dem 1. Psalm in der Liedfassung
Paul Gerhardts, CS 61,1+2)

VII

Psalmensänger am Ufer der Spree

Nun geht frisch drauf, es geht nach Haus, / Ihr Rösslein hebt die Bein; / Ich will dem, der uns ein und aus / Begleitet, dankbar sein (CS 43,1). Der 22-Strophen-Gesang zur *Heimkehr von der Reise* könnte ihm bei der Rückkehr nach Berlin Herz und Seele erfüllt haben. Dank Crügers Gesangbuch *Praxis Pietatis Melica* – 1553 und 1556 in Neuauflagen erschienen – hat das Lied mit einem Strauß vieler anderer Paul-Gerhardt-Texte inzwischen in Berlin Einzug gehalten. Manche summen die Melodie, Crüger sei es gedankt. Mancher fasst neue Hoffnung für sein Leben – mit Paul Gerhardts Hilfe. *Er räumt aus unsern Wegen weg / Des Unglücks scharfen Stein / Und schafft, dass unsre Bahn und Steg / Fein schlicht und eben sein* (CS 43,20). – Was ihm doch immer eingefallen ist – ihm, dem *Ecclesiastes Berolinensis Nicolaitanus,* wie er sich für die Lateinkundigen nun nennen wird.

Drei Pfarrstellen gibt es zu der Zeit an der Nikolaikirche. Paul Gerhardts Berufung ist durch den Tod des Archidiakons und das Aufrücken eines der beiden weiteren Pfarrer ins Propstamt auf dessen Platz ausgelöst worden. Doch allzu bald danach ist der gute Joachim Fromm auch noch gestorben, der alte Freund (und mittlerweile auch Schwager), der – 14 Jahre sind seither vergangen – mit dem Glückwunschlied von dem damals eben nach Berlin kommenden *Studiosus Theologiae* geheiratet hatte: *Der aller Herz und Willen lenkt / Und wie er will regieret, / Der ists, der euch, Herr Bräutgam, schenkt / Die man euch hier zuführet…* (CS 44,1).

Diesmal wird Gerhardt zu den *Lacrymae Posthumae* der Amtsbrüder standesgemäß einen kleinen lateinischen Nachruf beisteuern und im übrigen mit Neugier erwarten, wer wohl in Fromms Nachfolge den dritten Pfarrerplatz einnehmen wird. Hängt doch viel davon ab, ob man mit dem am nächsten stehenden Kollegen gut zusammenarbeiten kann.

Lacrymae Posthumae heißt soviel wie „nachgeweinte Tränen“; so wurde in poetisch gehobener Sprache die Kondolenz-Lyrik genannt, die sich für Akademiker weithin gehörte – je beliebter und bedeutsamer der Abgeschiedene war, desto größer der Aufwand an Verskunst für die hinterbliebenen Freunde.

Die Wahl eines Nachfolgers für Joachim Fromm fällt auf einen Anfangsdreißiger, der in Berlin schon kein Unbekannter mehr ist. Jung, wie er ist, hat er doch schon einige Jahre als Rektor des Gymnasiums zum Grauen Kloster gewirkt, in dem während dieser Aufschwungsjahre Berlins nach dem Dreißigjährigen Krieg erfreuliche Entwicklungen zu beobachten sind: Unterm Rektorat Johann Heinzelmanns ist die Schülerzahl auf annähernd 400 gestiegen.

Doch der beabsichtigte Amtswechsel hat nichts mit Erfolg oder Misserfolg der Amtsführung in der Schule zu tun. Dass Heinzelmann eine Pfarrstelle anzutreten gedenkt, entspricht einfach der Gewohnheit der Zeit: Weil nicht jeder junge Theologe gleich das angestrebte Kanzelamt findet, ist es allgemein üblich, dass jeder sich für den Übergang erst einmal eine Aufgabe im Schul-Unterricht sucht. Und so hatte Johann Heinzelmann eben erst einmal dort schnelle Karriere gemacht.

Als umgänglichen Kollegen wird Paul Gerhardt ihn bald kennen lernen. Dabei bewährt sich wohl auch der gemeinsame Wittenberger Hintergrund lutherischer Orthodoxie. Die Frage, inwiefern die gemeinsame Neigung zur Poesie ebenfalls zum schnellen Brückenschlag beitragen könnte, beantwortet sich weniger leicht. Mag sein, dass Heinzelmann auch aus der Perspektive seiner Lyrik-Bemühung schon ein wenig zu dem Älteren und Erfolgreichen aufblickt. Paul Gerhardt dürfte die poetische Produktion des Amtsbruders wohl eher stillschweigend zur Kenntnis genommen haben. Als das Ansinnen um eine Stellungnahme zur Verskunst des Kollegen direkt an ihn herantritt, zieht er sich mit bemerkenswerter Eleganz aus der Affäre.

Voller Ehrgeiz hat Heinzelmann alle Psalmen der Bibel in Reime gezwängt und Gerhardt gebeten, dazu auch noch ein paar Zeilen zu schreiben. So macht man es ja oft – allemal in der Hoffnung, dass vom Glanz der Autorität auch noch etwas für die eigene, noch weniger gut ausgebaute Reputation abfallen möge. Hätte Paul Gerhardt die Bitte abschlagen können? Er verfiel auf den Trick, sich für alle Kunst einen bereits berühmteren Namen als Beistand zu wünschen.

Mit dem Hinweis auf den Poetenkönig der Bibel ließ Paul Gerhardt nun seine vier Sechszeiler beginnen: *David sang in seiner Sprachen / Manches schönes, liebes Lied* ... Schon bei Lektüre der zweiten Strophe meint man, den Verfasser schmunzeln zu sehen: *Wir, die wir in Deutschland wohnen, / Singen David fröhlich nach, / Ehren Gott mit unsrer Sprach' / Auf des Psalters schönsten Tonen. / Hierzu weckt Gott manchen Mann – / jeder machts so gut er kann.* Ganz am Schluss werben zwei Zeilen beim Leser offenkundig um jene liebevolle Nachsicht, die der Christ sich vom Himmel erhofft: *Der des Davids Stimm erhört, / Hör auch, was dies Buch uns lehrt.*

Die Gefälligkeitslyrik war übrigens lange verschollen. Der Theologe und Kirchenhistoriker Gustav Kawerau hat sie in den Anfangsjahren des 20. Jahrhunderts in einem sächsischen Archiv wiederentdeckt – handschriftlich, als Beigabe zu der Psalmensammlung, die Freund Heinzelmann komplett durchgereimt hatte. Offenkundig hat auch mit der Paul-Gerhardt-Zutat kein Verleger das Manuskript jemals als druckreif empfunden.

Heinzelmann blieb übrigens nicht mehr lange in Berlin. In seiner lutherischen Bestimmtheit erwies er sich als Kanzelredner allzu bald als höchst streitbar. *Wer nicht lutherisch ist, der ist verflucht*, wird er aus einer Predigt zitiert, die er schon während seiner Rektoratsjahre gehalten hatte. Nun, bei einem Gottesdienst in der Heiliggeistkirche, zog er – man denke: ein Untertan des zum Calvinismus konvertierten Kurfürstenhauses – direkt gegen Calvinisten und Synkretisten (Vertreter konfessioneller Mischformen) vom Leder. Das konnte ihm nicht gut bekommen.

Er setzte seine Berufstätigkeit in Salzwedel fort, wo er später das Amt des Superintendenten bekam. Und wo die Geschichte um seinen Reimpsalter noch eine denkwürdige Fortsetzung fand. Weil die Kurfürstin Magdalene Sibylle auf Reisen zum wiederholten Male Salzwedel durchquerte, hatte er ihr als Dankesgabe für die Ehre ihrer Kurzbesuche eine Abschrift seines Psalmenwerkes zugedacht und ließ das gewichtige Opus – durch eine 40-seitige Vorrede erweitert –

zwischen Buchdeckel binden. Nur dadurch blieb auch der etwas schillernde Beitrag von Paul Gerhardt erhalten, von dem sonst niemand wüsste (– ein Hinweis mehr darauf, dass dessen Gesamtwerk ungleich größer gewesen sein muss als die Nachwelt es ahnt).

Propst Vehr sowie die Diakone Gerhardt und Heinzelmann nahmen nun miteinander die Pfarrstellen an Berlins ältestem Gotteshaus, der Nikolaikirche, ein. Ihr frühester Vorgängerbau – eine hölzerne Kapelle – dürfte um 1200 entstanden sein. Ihre heutige Gestalt – dreischiffige Hallenkirche in den Formen der Spätgotik – zeigte sie bereits seit annähernd zwei Jahrhunderten, als Paul Gerhardt seine Berliner Pfarrertätigkeit aufnahm.

St. Nikolai ist auch der Ort, an dem am 2. November 1539 für Stadt und Bürgerschaft die Reformation Einzug gehalten hatte – mit der sichtbaren Folge, dass die Altäre der Seitenkapellen verschwanden. Grabstätten für die städtischen Honoratioren traten mehr und mehr an ihre Stelle. Die Abmessungen des gesamten Innenraums sind unverändert geblieben: etwa 60 Meter in der Länge, etwa 23 Meter in der Breite.

Von der einstigen Innenansicht vermittelt das Kötteritz-Epitaph einen Eindruck, ein Tafelbild an der gleichnamigen Familiengrabstätte, das seit einiger Zeit wieder über kurze Distanz durchs Mausoleumsgitter betrachtet werden kann. Evangelisches Leben unterm Berliner Kirchendach: Da wird getauft und getraut oder einfach im Herumspazieren – Kind an der Hand – Umschau gehalten; ein Bettler erbittet Mitleid; ein Hund streunt herum. Traditioneller Lebensmittelpunkt einer Stadtgemeinde – und für jeden Einzelnen auch Ort der Einkehr, um Gott zu suchen oder zu sich selber zu finden.

In den Grundzügen ist es der Anblick, den Paul Gerhardt von dem Gotteshaus hatte. Die Taufstätte aus Holz und Zink ist – nach einer kleinen Odyssee und größeren Instandsetzungsarbeiten – heute wieder an genau der Stelle, an der sich Paul Gerhardt als Pfarrer über seine Täuflinge gebeugt hat. Darüber schwebte der *Gnadenthron:* Über einer holzgeschnitzten Wolke Gottvater, den vom Kreuz genommenen Leichnam des Sohns auf dem Schoß. Seinerzeit war die Schnitzerei farbig gefasst; heute sieht man nur das gedunkelte Holz. An der unten herausstehenden Öse hat der – nun leider verlorene – Deckel des Taufbeckens gehangen.

Paul Gerhardts unmittelbarem kirchlichen Vorgesetzten, Propst Georg Lilie, ist auf dem Ölbild zu begegnen, das an einem der Bündelpfeiler auf der rechten Seite des Mittelschiffs aufgehängt worden ist. Einen Pfeiler weiter vorn hat sich die Kanzel befunden, auf der Lilie, Gerhardt und die anderen Pfarrer – hier nannte man sie Diakone – ihre Predigten hielten. Der Zeit und ihren Ereignissen ist auf der Empore, wo die Geschichtskenntnis zu dem Gotteshaus vertieft werden kann, ein eigener, instruktiver Abschnitt gewidmet.

Die Nikolaikirche, fügen wir hier noch hinzu, hat ihrem Zweck nicht allezeit dienen können. Das Nazireich wollte einen Musikdom daraus machen. Und der Realsozialismus der DDR ließ es sich nicht nehmen, der trostlos wirkenden Ruine lange nach dem Bombenkrieg doch ihre Gestalt wiederzugeben – wohl in der Einsicht, dass auch die verwegenste Gesellschaftsveränderung auf Symbole für Geschichtstiefe und Tradition nicht einfach Verzicht leisten kann. Heute dient die sehenswerte Kirche als Museumsfiliale. Wenn man sich ihrer Pfarrer erinnert, fällt der Name Paul Gerhardts an erster Stelle; zu seinen späteren Nachfolgern hat unter anderen der Pietismus-Vater Philipp Jakob Spener gehört.

Gerhardt und seine Amtsbrüder waren von ihren Seelsorgepflichten beileibe nicht knapp in Anspruch genommen. Schwer vorstellbar, wie Joachim Fromm die Arbeit eine Zeitlang ganz allein bewältigen konnte, als die beiden anderen Pfarrstellen einmal unbesetzt waren. Denn Gottesdienste gab es fast alle Tage. Dazu Beichtgespräche und Taufen, Trauungen und die vielen Beerdigungen in einer Zeit, in der das Altwerden zu den außerordentlichen Seltenheiten des Lebens gehörte. Eine runde Predigt sollte eine Stunde ungefähr dauern – und wenn sie vielleicht als Leichenpredigt gedruckt werden sollte, musste sie ja unter ständigem Federeintauchen unbedingt zu Papier gebracht werden.

Gegen Ende der fünfziger Jahre tauchte Gerhardt also nun richtig ein in Pflichten des großstädtischen Lebens. Sein Biograph Hermann Petrich hat uns dazu die Notiz hinterlassen: *Gerhardts häusliches und persönliches Leben während dieses Jahrfünfts spielt sich im Verborgenen ab.* Das stimmt zwar – aber gilt es denn für seine anderen Lebensabschnitte nicht? Freilich, auch hier macht uns der Mangel an schriftlichen Quellen zu schaffen. In den alten Kirchenbüchern sind neben den Einträgen über Trauungen nur die Grenzdaten des Lebens vermerkt: Geburt und Taufe, Tod und christlicher Abschied. 1658 wurde Töchterchen Anna Katharina getauft; sie wurde wenig mehr als ein Jahr alt. 1660 kam ein kleiner Junge, Andreas, zur Welt. Weil seine Taufe nicht registriert ist, kann man nur annehmen, dass er sie nicht einmal erlebt hat. Zwei Jahre darauf wurde das einzige Kind geboren, das die Eltern überlebt hat; der Junge erhielt die Namen Paul Friedrich. Das letzte Kind der Gerhardts sollte die Namen seiner Großväter tragen: Andreas Christian; nur wenige Monate hat sein Leben gedauert.

Soweit Empfindungen des Poeten beim Tod von Kindern auf uns gekommen sind, sind diese Gelegenheitsdichtungen immer als Tröstung anderer Familien zu lesen. Es gibt bei Paul Gerhardt in dieser Gattung keine Dichtung in eigener Sache – wie es auch kein Opusculum zu Liebe und Lob gegenüber der eigenen Frau gibt. Soll heißen: Nichts dergleichen ist erhalten geblieben. Dass die Dichtersprache seines Gemüts nur außerhalb der Familienbande in Gang gesetzt werden konnte – diesen Gedanken darf man doch wohl verwerfen.

Die frühesten Klage- und Trostlieder um gestorbene Kinder sind in Berlin schon vor den Mittenwalder Jahren entstanden und bezeugen in geradezu rührender Weise den Familiensinn im Gemüt eines Anfangsvierzigers, der auf die eigenen Eltern schon so früh hatte Verzicht leisten müssen und der nun noch immer als Junggeselle herumlief. Was Familie bedeutet, erlebte er als Zaungast bei Freunden – bei den Bertholds und ihren drei Generationen, bei den Fromms, den Schirmers, den Spenglers, den Berkows. 1649 und 1650 war er – erst bei der Familie Spengler, dann bei der Familie Berkow – Zeuge des Schmerzes bei solchen unzeitigen Todesfällen geworden.

Denen, die den Kindern im Anhang zur Leichenpredigt Worte der Trauer nachriefen, schloss er sich auf eine besonders eindringliche, ja: ergreifende Art an. Im Gedenken an Spenglers Söhnchen versetzte er sich in die Person des abgeschiedenen Kindes und sprach den zurückgebliebenen Eltern aus Gottes Reich Trost zu: *Mein herz*(lieb)*er Vater, weint ihr noch? / Und ihr, die mich geboren? / Was grämt ihr euch? Was macht ihr doch? / Ich bin ja unverloren. / Ach, sollt ihr sehen, wie mirs geht, / Und wie mich der so hoch erhöht, / Der selbst so hoch erhoben; / Ich weiß, ihr würdet anders tun / Und meiner Seele süßes Ruhn / Mit eurem Munde loben* (CS 116,1).

Der Dichter lässt das Kind seine Eltern ermahnen, ihren Schmerz von Gott stillen zu lassen. Den Himmel lobt es als Ort voller Licht und *ewges Freudenmeer.* Dieses Reich werde die Familie *(es kommt die Zeit)* in Zukunft ja auch wieder vereinen. *Da will ich eure Treu und Müh / Und was ihr eurem Kranken / Erwiesen habt, im Himmel hie, / Sobald ihr kommt, verdanken. / Ich will erzählen, wie ihr habt / Euch selbst betrübt und mich gelabt, / Vor Christo und vor allen; / Und für den heißen Tränenfluss / Will ich mit mehr als einem Kuss / Um euren Hals euch fallen* (CS 116,9).

Nach dem Tod des kleinen Konstantin Andreas Berkow bemüht sich Paul Gerhardt darum, der Trauer und Klage, aber auch der frommen Einsicht des Vaters Worte zu geben. So lässt er den Senior darüber grübeln, wie es denn wäre, das Kind weiter zur Seite zu haben – um sich dann doch realistischer Einsicht zu fügen: *...Ich wollte sagen: Bleib bei mir. / Du sollst sein meines Hauses Zier; / An dir will ich mein Lieben / Bis in mein Sterben üben. // So sagt mein Herz und meint es gut. / Gott aber meints noch besser. / Groß ist die Lieb in meinem Mut, / In Gott ist sie noch größer...* (CS 117,2).

Zehn Strophen lang werden Verlust und Sehnsucht beschrieben; Bescheidung mit den Grenzen des irdischen Lebens deutet sich an. Dann erst – *nun will ich nicht mehr klagen* – lässt eine biblische Vorstellung das Bild der Hoffnung aufleuchten, die sich in der Schilderung der Himmelfahrt des Propheten Elia ausdrückt: *Komm du Wagen / Eliä, hole mich geschwind / Und bring mich dahin, da mein Kind / Und so viel liebe Seelen / So schöne Ding erzählen* (CS 117,11).

Im März 1659, als die Gerhardts bereits eigene Elternerfahrung mit dem Sterben eines Kindes haben, wird in Berlin die Heinzelmann-Tochter Elisabeth zu Grabe getragen. Paul Gerhardt kondoliert und muss selber Trost suchen: *Leid ist mirs in meinem Herzen / Um die, so dir, liebes Kind, / Mit so großem Weh und Schmerzen / Um den Hals gefallen sind, / Da du dich bei deinem Ende / Gabst in deines Gottes Hände* (CS 121,1). Schon zweieinhalb Wochen später hat die Eheleute Gerhardt das gleiche Schicksal ereilt: Ihre Tochter Anna Katharina, gerade vierzehn Monate alt, ist dahingegangen; und weil das Kindersterben damit noch kein Ende haben darf, wird auch noch der kleine Valentin Friedrich Fromm gemeinsam mit ihr hinter der Kanzel der Nikolaikirche in den Boden gesenkt – da, wo Joachim Fromm seit nun schon beinahe zwei Jahren ruht.

Wie liest sich so ein selbst geschriebener Text, wenn er einen auf einmal selber betrifft? *Diesem Herrn ist nichts verdorben; Wenn des Todes Nacht vorbei, / Nimmt er das, was war gestorben, / Und machts wieder ganz und neu. / Also werden wir zur Erden, / Dass wir mögen himmlisch werden* (CS 121,5). Dem Elterntrost nach dem Tod von Elisabeth Heinzelmann hatten diese Zeilen gegolten. Und nun nahmen sie sich aus, wie an die eigene Adresse gerichtet – etwa wie ein Appell an fromme Vernunft: *Wandelt eure Klag in Singen. / Ist doch nunmehr alles gut. / Trauern mag nicht wiederbringen, / Was im Himmelsschoße ruht* … (CS 121,7).

Schon im Jahr darauf rücken abermals Sterbefälle von Kindern aus Familie und Freundeskreis dicht zueinander. Im August 1660 wird wieder der Tod eines Freundeskindes zum Anlass, ein Trostlied zu schreiben. Der knapp neunjährige Friedrich Ludwig Zarlang, ein zierlich gewachsenes, empfindsames, sehr begabtes und lerneifriges Kind, ist an der Ruhr gestorben. Paul Gerhardt hält den *Leichensermon.* Für den Druck fügt er – ein Beleg für die Tiefe der Bewegung, die ihn selbst erfasst hat – dreizehn vierzeilige Strophen des Trosts und der Klage hinzu. Das Lied ist in Knittelversen geschrieben; vermutlich ist die Schlichtheit des poetischen Aufwands der knappen Zeit zuzuschreiben, die zum Verfassen zur Verfügung stand. Dennoch bleibt die Ergriffenheit des Dichters unüberhörbar. *Liebes Kind, wenn ich bei mir / Deines schönen Leibes Zier / Und der Seelen Schmuck bedenke / Weiß es Gott, wie ich mich kränke* (CS 123,1). Und, zum Elterntrost: *Deine Seel hat Gottes Reich, / Und du bist den Engeln gleich: / Alle Himmel hörst du singen / Und du gehst in vollen Sprüngen (CS 123,12).*

Michael Zarlang, der Vater des Knaben Friedrich Ludwig, ist einer der drei Bürgermeister der Stadt. Ein bemerkenswerter Mann: Gönner haben dem frühverwaisten Pfarrerssohn Zugänge zur Bildung und Türen zu unterschiedlichen Ländern geöffnet. 1647 ist er zunächst nach Cölln gekommen und hat führende Kreise der Doppelstadt in seiner Weltläufigkeit schnell auf sich aufmerksam machen können – mit dem Ergebnis, dass man ihm schon zwei Jahre später das hohe Amt antrug. Seit 1650 engagiert er sich obendrein – mit Zuständigkeit für das Rechnungswesen – als Kirchenvorsteher.

Die Verbindung zwischen den Gerhardts und den Zarlangs ist eng. Bei der Taufe von Maria Elisabeth Gerhardt in Mittenwalde war Frau Zarlang als Patin aus Berlin angereist. Auf Wesensähnlichkeiten zwischen den Männern kann einen Arnold Niemann, der in großem Umfang der Frage nach den Verbindungen Paul Gerhardts in Berlin nachgegangen ist, aufmerksam machen: In Herkunft und Werdegang gibt es manche Gemeinsamkeit zu entdecken – und beide erreichten das Ziel ihrer Laufbahn erst spät.

Nun hatte Zarlang ihn, den Freund, ans Sterbebett seines Kindes gerufen. Die Rührung, die dabei ausgelöst wurde, schlug sich in der Traueransprache nieder; sie verriet sich auch in einer – für Paul Gerhardt ungewöhnlichen – Häufung von Verkleinerungsformen: *Denn weil sein letztes Seufzerlein, das er in dieser Welt getan, genugsam bezeuget, wie fest sein Herzlein an seinem himmlischen Vater und Erlöser Christo Jesu gehangen habe, wer will denn zweifeln, dass dieses liebe, selige Kind nicht zur Stunde gen Himmel gefahren und ein Erbe und Besitzer des ewigen und herrlichen Freudenlebens geworden sei? Da darf er nun nicht mehr seufzen und klagen wie hier auf seinem Todbettlein: Ach Gott, ach Vater, ach Jesu hilf mir. Sondern da ist ihm nun alle geholfen …*

Mit welcher Aufmerksamkeit die Familie Zarlang und ihre Freunde dem Pfarrer beim Trauergottesdienst zu folgen vermochte, ist schwer zu ermessen. Denn schon lag weiterer Schrecken über ihr: Am Tag nach der Beerdigung Friedrich Ludwigs folgte die knapp drei Jahre jüngere Catharina Elisabeth dem gestorbenen Friedrich Ludwig nach. Beider Kinder

Tod war nicht zuletzt wohl den katastrophalen hygienischen Verhältnissen in Berlin zuzuschreiben.

Das Jahr 1660 wurde auch für Anna Maria und Paul Gerhardt selbst zum Jahr erneuten Hiobs-Erlebens. Ihr drittes Kind kam zur Welt und musste sie gleich wieder verlassen. Wie leben Menschen dann weiter ohne Schaden zu nehmen an ihrer Seele? Man meint, etwas von der Elternstimmung wiederzufinden, wenn man in einem späteren Paul-Gerhardt-Vers auf den Text stößt: *Das alles sieht der Vater an, / Die Mutter nimmts zu Herzen, / Und niemand ist, der helfen kann; / Da kommen denn die Schmerzen, / Die häufen sich ohn Unterlass / Und halten stets die Augen nass / Bei Eltern und bei Kindern* (CS 131,6).

Doch wir greifen mit diesem Liedzitat um knapp sieben Jahre vor: Abermals sind die Verse dem Tod eines Zarlang-Kindes gewidmet. Weniger als vier Jahre alt ist Margaretha geworden. Paul Gerhardt sucht Trost für die Eltern: *Was unser Welt ist zugedacht, / Darf euer Kind nicht schmecken; / Es schläft und ruht, bis Gottes Macht / Es wieder wird erwecken. / Und wenn Ihr kommt ins Himmels Saal, / So wird Euch euer Kinder Zahl / Mit großer Lust empfangen.*

Vom Gedanken an diesen neuen Himmel kann ihn nichts abbringen, was ihm unterm alten Himmel an bittersten Erfahrungen widerfährt. Er hält sich an die Bibel. Für ihn, den Schüler von Paul Röber, heißt das: die Übersetzung von Martin Luther. *Ich weiß, dass mein Erlöser lebt* wird er – vermutlich um die gleiche Zeit, um 1666/67 – anhand von Luthers Bibelübersetzung zum Lied werden lassen. Der Satz ist bei Hiob (19,25) zu finden – doch seine Fortsetzung hat sich für uns stark verändert unter den Federn der Luthertext-Revisoren. Paul Gerhardt liest heraus, was Luther direkt und wörtlich herausgelesen hat: eine unmittelbare Anspielung auf das Osterereignis.

Ich weiß, dass mein Erlöser lebt / Das soll mir niemand nehmen. / Er lebt, und was ihm widerstrebt / Das muss sich endlich schämen … (CS 130,1). Jesus ist vorausgegangen ins neue Leben – wer wollte da zögern, dem Herrn des Lebens zu folgen? *Mein Heiland lebt. Ob ich nun werd / Ins Todes Staub mich strecken, / So wird er mich doch aus der Erd / Hernachmals auferwecken; / Er wird mich reißen aus dem Grab / Und aus dem Lager, da ich hab / ein kleines ausgeschlafen* (CS 130,3). Das ist ganz ernst gemeint – auch, wenn jemand hier vielleicht einen neckischen Unterton heraushören möchte.

Was Luthers Übersetzung noch andeutete – die Auflösung alles Leiblichen –, von Paul Gerhardt wird es bis in die letzte Konsequenz deutlich gemacht: *Zwar alles, was der Mensche trägt, / Das Fleisch und seine Knochen, / Wird, wenn er sich hin sterben legt, / Zermalmet und zerbrochen / Von Maden, Motten und was mehr / Gehöret zu der Würmer Heer; / Doch solls nicht stets so bleiben* (CS 130,5). Es ist gemeint wie Christian Fürchtegott Gellerts *Jesus lebt, mit ihm auch ich:* Die Gnadenzusage des Auferstandenen gilt. Paul Gerhardt scheut sich angesichts dieser Zusage nicht einmal, sich selbst zum *Trotz* gegen alle Todesangst zu ermahnen: *Trotz sei nun allem, was mir will / Mein Herze blöde machen. / Wärs noch so mächtiggroß und viel, / kann ich doch fröhlich lachen. / Man treib und spanne noch so hoch / Sarg, Grab und Tod, so bleibet doch / Gott, mein Erlöser, leben* (CS 130,9).

In dieser Haltung kann der Mensch leben – und sterben. An Paul Gerhardts Frau wird es die Welt bald, an ihm selbst um etliche Jahre später beobachten können. Sein Rückhalt ist und bleibt der Wittenberger Reformator. *Wie mir scheint, unterscheiden sich Hölle, Fegefeuer, Himmel genauso wie Verzweifeln, beinahe Verzweifeln und des Heils gewiss sein*, heißt eine Äußerung Luthers aus dem Reformationsjahr 1517. Und anderthalb Jahrzehnte später, in der Vorlesung über die Stufenpsalmen: *Die Barmherzigkeit Gottes ist wie der Himmel, der stets über uns fest bleibt. Unter diesem Dach sind wir sicher, wo immer wir sind … Ehe etwas am Reiche Christi und seiner Herrlichkeit mangelt, soll lieber kein Friede sein und Him-*

mel und Erdreich einstürzen. Der vergängliche Himmel – und der Himmel, der bleibt: Bezeichnung und Bildhaftigkeit fließen aus gleicher Sprache. Paul Gerhardt kommt, es zeigt sich auch in der Form seines theologischen Redens, von Luther her.

Alles Vergängliche ist nur ein Gleichnis, wird dieser Gedanke in Goethes Chorus mysticus heißen. Ohne Bildworte bleibt Glaube sprachlos. Ohne die Sprache des Dichters bliebe er ohne die Lebendigkeit, in der er so hoffnungskräftig wie in Paul Gerhardts Lied für sich einnehmen kann.

Ich werde nach Weise des Baums
Der Öle trägt, grünen und blühn,
Mich freuen des seligen Raums,
Den ohne mein eignes Bemühn
Mein Herrscher, mein Helfer, mein Leben
Mir selber zu eigen gegeben
Im Hause, da täglich mit Loben
Sein Name wird herrlich erhoben.

(CS 70,8)

Ich danke dir mit Freuden,
Mein König und mein Heil,
Dass du manch schweres Leiden,
So mir zu meinem Teil
Oft häufig zugedrungen,
Durch deine Wunderhand
Gewaltig hast bezwungen
Und von mir abgewandt.

(CS 113,1)

VIII

Im Glaubensstreit

Kurfürst Friedrich Wilhelm I., der *Große Kurfürst*, regierte über etwa zweieinhalb Millionen Landeskinder. Zur lutherischen Konfession gehörten fast alle. Durch den Übertritt seines Großvaters Johann Sigismund zur calvinistischen – oder auch: reformierten – Richtung des Protestantismus gab es zusätzlich und nun auch ganz offiziell diese Bekenntnis-Variante, die ihr Gewicht vor allem daraus empfing, dass sich das Herrscherhaus zu ihr zählte. Ihre Gesamt-Seelenzahl bemisst Hermann Petrich für die Zeit Friedrich Wilhelms auf 15 000. Man kann es also nur klug nennen, dass die Kurfürsten mit den Lutherischen behutsam umgehen wollten. Sie verordneten gegenseitige Duldung, um Ruhe im Lande zu haben.

Der Fall Heinzelmann war nur ein Beispiel dafür, dass sich die Lage aus lutherischer Sicht oft ganz anders ansah. So galt es in Berlin jedenfalls für die meisten Pfarrer. Soweit sie am Ort ordiniert waren, war diese Bevollmächtigung für ihren Beruf durch den Propst von St. Nikolai ausgesprochen worden. Das geschah nicht feierlich in großer Runde. Die Herren Theologen machten das unter sich ab und verpflichteten die Neuen unter anderem auf eine protestantische Regel, die um die Jahrhundertmitte ein häufiger, immer brisanter Gesprächsstoff werden sollte: die so genannte Konkordienformel.

Auf sie hatte sich 1651 auch Paul Gerhardt verpflichtet. Doch fünf Jahre später wurde der Ordinationsverpflichtung auf diese Formel durch den Kurfürsten höchstselbst ein Ende gemacht. Sie wurde damit zum immer wieder auftauchenden Stichwort für heiße Debatten unter Theologen und Laien – und für Paul Gerhardts Berliner Berufsausübung alsbald zum Verhängnis. Ein paar erklärende Worte sind deswegen vonnöten.

Das 16. Jahrhundert hatte nicht nur die Reformation, sondern gleich auch noch heftige Kontroversen innerhalb der neuen, von Wittenberg ausgegangenen Glaubensrichtung hervorgebracht. Nach Luthers Tod wurden die Mäßigungs- und Klärungsversuche des Luther-Freundes Philipp Melanchthon von den Wittenberger *Gnesio-Lutheranern* als *Philippismus* verteufelt. Die oberdeutschen *Calvinisten* definierten sich ohnehin auf eigene Weise. Bemühungen, durch eine Einigungsformel neuen Gleichklang zu finden, gingen nur qualvoll voran. Doch 1580, im Jubiläumsjahr des seinerzeit von Melanchthon ausgearbeiteten *Augsburgischen Bekenntnisses*, hatten immerhin 86 Fürsten und Reichsstände sowie etwa 500 Theologen ihre Unterschriften unter die zusammenfassende Formel gesetzt, die dennoch umstritten blieb und schließlich nur der lutherischen Orthodoxie, der Wittenberger Theologenschule also, als Grundlage diente.

Dass ihre Verpflichtung auf diese Konkordienformel bindendes Recht sei – darin waren sich auch die Berliner Pfarrer von St. Nikolai und St. Marien zunächst einmal einig. Wenn der Kurfürst im März 1657 verfügt hatte, außerhalb des Landes erfolgte Examina und Ordinationen von Pfarrern könnten nicht mehr anerkannt werden, brauchte Paul Gerhardt sich davon ohnehin nicht betroffen zu fühlen. War er doch bereits in Berlin zugelassen und ordiniert worden, ehe er in Mittenwalde die erste Pfarrstelle antrat. So kostete ihn die Berliner Berufung kein langes Bedenken. Es lag nahe, dass beide Eheleute Vorfreude erfüllte: Familienbindungen und alte Freunde warteten auf sie. Das Amt an St. Nikolai und unmittelbare Nähe zu Johann Crüger konnten für Paul Gerhardt nur willkommene Herausforderung sein. Seine Frau aber war erneut guter Hoffnung – auch im Zusammenhang damit war der Ortswechsel nur zu begrüßen.

Zeugnis für eine Belebung fachlichen Gedankenaustauschs unter gleichgesinnten Theologen dürfte ein erst in jüngerer Zeit entdecktes Paul-Gerhardt-Gedicht sein, das 1658 erstmals gedruckt und von der Nachwelt im Jahre 2001 wieder aus der Vergessenheit geholt werden konnte: eine Gefälligkeitsarbeit, ein Akt der Parteinahme für die lutherische Orthodoxie, ein kleines Pamphlet. Mit den Worten „Treuhertzige Warnung an den einfältigen Leser" war es einst überschrieben; der jüngsten Ausgabe von Cranach-Sicharts Texte-Sammlung ist es als vorletzter Fund zum Oeuvre hinzugefügt worden – hier nun überschrieben mit seinen Anfangsworten *Weigels Schwarm und schnöde Rotte* (CS-neu 138).

Valentin Weigel (1533–1588) war ein sächsischer Pfarrer gewesen. Er hatte Luthers Rechtfertigungslehre vor allem mystisch interpretiert. Die Schriften dieses Propheten einer neuen Innerlichkeit blieben noch Jahre nach seinem Tod im Geheimen. Erst von 1609 an wurden sie von Anhängern wieder zutage gebracht. Weigel setzte auf Innerlichkeit, ließ allein das „innere Buch und innere Wort" als Erkenntnisquell gelten. Seiner Glaubenslehre ging es um den „Christus in uns". In Verbindung damit entwickelte er eine kritische Haltung gegenüber der Kirche. Daraus entstand dann ein spiritualistischer „Weigelianismus", von dem Wirkungen beispielsweise auf den Mystiker Jakob Böhme und auch auf die Frömmigkeit Johann Arndts – den Paul Gerhardt aus Herzensgrunde verehrte – ausgingen.

Bei den eingeschworenen Lutheranern der Zeit war Weigel indessen gar nicht gut angeschrieben. Als Magister Adam Spengler in Wittenberg einen *Extract Der fürnembsten Weigelianischen Irrthummen* zum Buch werden ließ, hatte er wohl an den nun schon prominenten Dichtertheologen aus den eigenen Reihen die Bitte gerichtet, ein gutes Wort in Vers und Reim beizusteuern. Und der zog denn auch mit den Mitteln seiner Kunst forsch vom Leder: *Weigels Schwarm und schnöde Rotte / Ehrt ja zwar noch immerhin / Ihre Nacht und finstern Sinn, / Macht sich aber selbst zum Spotte. / Denn sobald das Licht nur scheint, / sieht man den verdammten Feind* (CS 138,1).

Ohne vorangegangenen Gedankenaustausch mit dem einen oder anderen Berliner Kollegen wird er die insgesamt sechs sechszeiligen Strophen wohl nicht aus der Hand gegeben haben; es bedarf keiner lebhaften Phantasie, um den Gleichklang engagierter Fachsimpelei mitzuerleben – und das Augenzwinkern über professionell doppelt gut gelungene Lehrauseinandersetzung, der es an Polemik und zugleich an frommer Ermahnung nicht fehlte: *Nimm zur Hand, o frommes Herze / (Wie es sich denn auch gebührt / Dem, der Christi Namen führt) / Gottes Wort, die edle Kerze, / Und beleuchte Weigels Schmuck, / So befindst du den Betrug* (CS 138,2). Paul Gerhardt riet eindringlich: *Nimm zu Hilf Herrn Spenglers Lehren.* Und der Tonfall kam dabei – jedenfalls für das Empfinden eines heutigen Lesers – recht schulmeisterlich von oben herab. *Folge doch, du armer Haufe, / Den der Irrweg hat betört, / Ehe Gott sich von dir kehrt / Und sein Zorn dich überlaufe. / Was versehn, wird wieder gut, / Wenn man nur bald Buße tut* (CS 138,4).

Das Ganze: Ein kleiner Gefälligkeits-Erweis unter Kollegen, wie er im Berlinischen Miteinander schon eher als in

Mittenwalde vorkommen konnte. Es war 1658 – das Jahr, in dem das Gerhardt-Töchterchen Anna Catharina zur Welt kam. 1659 begann sich dann in der Berufsausübung der Berliner Pfarrer das Leben zu trüben. Der Amtsbruder Samuel Pomarius von St. Peter zu Cölln hatte sich mit einem Hofprediger des Kurfürsten angelegt. Lutheraner gegen Calvinisten – Wittenberger Lehre gegen einen Reformierten. Der Kurfürst stellte Pomarius einen geharnischten Verweis aus: *Ihr hättet billig bedenken sollen, dass die Facultät zu Wittenberg in Unsern Landen weniger denn nichts zu gebieten hat.* Dem Ungebärdigen wurde außerdem eine achtwöchige Predigtsperre verordnet.

Dazu wurde nun von der Berliner Pfarrerschaft aus Wittenberg ein Gutachten erbeten. Darin hieß es, das *Officium Elenchticum* (die Pflicht der Beweisführung) sei *ein vornehmes Stück am Predigtampt, dessen sich kein rechtschaffener Lehrer entbrechen und demnach auch auf begehren der Obrigkeit nicht begeben kann.* Bald setzte sich die Kontroverse in der *Epicrisis*, einer weiteren Stellungnahme aus Wittenberg, fort. Gereizt reagierte der Kurfürst. Wechselseitig schaukelten sich die Auseinandersetzungen hoch, bis sich Friedrich Wilhelm mit dem Toleranzedikt vom 2. Juni 1662 schließlich bemühte, ein- für allemal Ordnung zu schaffen. Er befahl, *daß in den Gemein(d)en Unserer Lande / das Wort Gottes lauter und rein / wie solches in den Prophetischen und Apostolischen Schrifften gegründet / und in den 4 Haupt-Symbolis der Augspurgischen Confession / von Anno 1530 und derselben Apologie wiederholet ist / fürgetragen werde.*

Und fügte drohend hinzu: *Soferne aber unter ... den Predigern in Unsern Landen einige unzeitige oder verhärtete Eiferer und Zeloten gefunden würden / die da vermeynten / dass Ihnen durch diese unsere Christliche wohlgemeynte Verordnung Ihr Gewissen zu enge gespannet würde: So können wir wohl geschehen lassen / dass dieselben sich nach anderer Gelegenheit umbthun und sich ausserhalb Unsers Churfürstenthums und Gebiete an sol-*

chen Orten niederlassen / do Ihnen solch unchristliches Verdammen anderer Christen und ihrer Mitglieder nachgegäben und zugelassen wird ...

Genau so war mit Samuel Pomarius verfahren worden, nachdem er an seinem Eigensinn festgehalten hatte. Den lutherischen Pfarrern konnte es nicht mehr sehr wohl in der eigenen Haut sein. Im Hause Gerhardt kam 1660 die schon erwähnte Vertiefung ganz persönlichen Leides hinzu: Das dritte Kind der Eheleute – der Sohn, dem der Name Andreas zugedacht war – konnte vor seinem raschen Sterben nicht einmal mehr getauft werden.

Zum Toleranzedikt von 1662 (mit dem Potsdamer Edikt von 1685, das die Aufnahme der Hugenotten in Brandenburg ermöglichte, nicht zu verwechseln) bemerkt Hermann Petrich, dass der Begriff *Toleranz* – in der Neuzeit zunächst von Comenius aufgegriffen – darin erstmalig amtssprachlich gebraucht wird. Erklärtermaßen war der Kurfürst darauf aus, Gott allein als den Herrn der Gewissen gelten zu lassen. Dass er damit seiner Zeit – gerade auch in der Sicht der Theologen – voraus war, ist nicht zu übersehen. Für Paul Gerhardt und seine geistig wie geistlich von Wittenberg geprägten Freunde freilich stellte sich das in der Praxis ganz anders dar. Das Missverhältnis zwischen der lutherischen Bekenntnismehrheit und der geringen Anzahl der Reformierten mag dazu beigetragen haben, wechselseitige Reizbarkeit immer weiter zu steigern. Für Friedrich Wilhelm lief es auf eine Machtprobe hinaus, bei der er seinem erklärten Toleranzprinzip dann nicht mehr treu bleiben konnte. Für Paul Gerhardt waren die Folgen nur tragisch zu nennen.

Ob sich die Düsternisse dieser Berliner Jahre auf sein dichterisches Schaffen auswirkten und ob Kummer aus familiären Ursachen dabei mitgewirkt hat, lässt sich nicht sagen. Der Tod Johann Crügers hat möglicherweise die poetische Krise zunächst vertieft. Dass Paul Gerhardt indessen durchaus beabsichtigte, weiterhin Texte für geistliche Lieder zu schreiben, wird von einer Entdeckung der Historikerin Elke Liebig gestützt. Sie hat den Berliner Crüger-Nachfolger Johann Georg Ebeling zum Forschungsgegenstand ihrer Doktorarbeit gemacht. Im offenkundig so lange unbeachtet gebliebenen Vorwort einer in Frankfurt/Oder erschienenen Liedbuch-Ausgabe teilte Ebeling mit, Paul Gerhardt wolle *alle seine Sachen wieder durchgehen / und sie mit vielen neuen Liedern verbessert herauß geben / dass es eine ganze Theologia Thetico Melica werden solle.* Ein Aufsatz darüber ist für Band 29 des Jahrbuchs *Herbergen der Christenheit* vorgesehen; die Autorin übersetzt: *eine ganze Glaubenslehre in Liedern* – und bringt damit erneut auch Paul Gerhardts Absicht zum Vorschein, die Inhalte des Glaubens durch gereimt-eingängige Form leichter lernbar zu machen.

Nach allem Anschein kam es nicht mehr dazu. Was der Dichter noch schrieb, war fast ausschließlich von bestimmten Anlässen und Terminen bestimmt. Die geistlichen Lieder aus diesen elf Berliner Jahren zu zählen, wären die Finger einer Hand wohl schon genug. Freilich bleibt immer der Vorbehalt offen, dass niemand genau wissen kann, was Paul Gerhardt genau wann und wo in Verse gebracht hat. Die Vermutung, dass uns in den 139 vorliegenden lyrischen Texten in deutscher Sprache bei weitem nicht sein ganzes Oeuvre vorliegen könnte, liegt viel zu nahe.

Zu seinen Lebzeiten hat Ebeling noch alles in einer Gesamtausgabe zu erfassen versucht, was in seine Hand gelangt war. Kurz darauf – 1667 – hat der Nachfolger Johann Crügers Berlin aber schon wieder verlassen. Darüber, wie der Dichter selbst auf seine Manuskripte acht hatte, ist nichts bekannt. Seine Frau – wir müssen kurz vorgreifen – kam wegen ihres schon 1668 eingetretenen Todes – als Bewahrerin ohnehin bald nicht mehr in Frage. *Eine ganze Glaubenslehre in Liedern* blieb ein schöner Gedanke, ein Traum.

Anfang der sechziger Jahre begann Prosaisches in der Biographie unseres Dichters zu überwiegen. Im August

1662 war der Sohn Paul Friedrich geboren worden – das einzige Kind, das nicht frühzeitig starb. Vor dem Hintergrund aller gemachten Erfahrung muss nicht erörtert werden, wie viel Elternsorge ihn umgab.

Für die Pfarrer war das Berliner Klima unterdessen immer rauer geworden. Die Bekenntnisauseinandersetzungen zwischen dem Kurfürsten und der Mehrheit der Theologen spitzten sich zu. So wurde das Theologiestudium an der Universität Wittenberg brandenburgischen Landeskindern von Friedrich Wilhelm verboten. Konferenzen der evangelischen Pfarrer im Schloss sollten helfen, die Gräben zu schließen – bis der Kurfürst unter dem Eindruck der anhaltenden Streitigkeiten von den Geistlichen obendrein noch verlangte, eine besondere Gehorsamserklärung zu unterschreiben.

Die Herren weigerten sich und ließen zur Begründung diverse Universitätsgutachten kommen. Bei ihrer erneuten Verweigerung der Unterschriften wurden Propst Lilie als Vorgesetzter und Archidiakonus Reinhart als Rädelsführer fristlos entlassen. Der erstere lenkte noch ein, unterschrieb (was neue Polemiken auslöste) und kam alsbald durch einen Schlaganfall zu Tode; der andere kehrte Berlin umgehend den Rücken und ging nach Leipzig.

Die Drangsalierungen konzentrierten sich nun auf Paul Gerhardt. Vom Kurfürsten verlautete, er sei eigentlich Lilies und Reinharts Einflüsterer gewesen. Tatsächlich nahm er wiederholt Stellung mit schriftlichen Erklärungen, in denen er hartnäckig die Position der Lutheraner vertrat. Dass er sich mit mündlichen Äußerungen zurückhielt, ist schon aus Hans-Joachim Beeskows Auswertung der Protokolle von den Schlosskonferenzen des Jahres 1662 zu schließen, nach der er sich an diesen Debatten lediglich mit einer einzigen, sehr knappen Bemerkung beteiligt hat.

Hielt eine tief eingewurzelte Scheu vor nicht hinreichend bedachter Rede ihn von weiteren Diskussionsbeiträgen ab?

Das würde durchaus zu ihm passen. Doch Leisetreterei wird ihm beileibe nicht zum Vorwurf gemacht werden dürfen. 1632 ging er in einer für den Kollegenkreis bestimmten schriftlichen Stellungnahme so weit, die Berechtigung der Bezeichnung *Christ* für Angehörige anderer Konfessionen zu erörtern. Ein Christ sei, wer *auf Jesum getauft ist und Jesum von Nazareth für Messiam und Heiland der Welt bekennet* – das galt für ihn jedenfalls auch, wenn es sich um *Papisten* handelte. Wenn die anderen aber *das helle klare Wort Gottes* – das für Gerhardt beispielsweise auch aus der Konkordienformel sprach – nicht respektieren, könne man keine Mitchristen in ihnen erkennen. Das richtete sich gegen die Reformierten der Reformation, die *Calvinisten*. In dieser Haltung blieb er kompromisslos – und wusste, dass er die eigene Existenz damit riskierte.

Doch bei Einschätzung seines ganzen Verhaltens gehört wohl auch noch eine andere Beobachtung ins Bild: Der Gottesmann und Himmelssucher scheint von den irdisch-kleinlichen Zumutungen der Kirchenpolitik, vielleicht zusätzlich auch von Familiensorgen schließlich doch überreizt gewesen zu sein. In dieser Zeit war nun auch das fünfte Kind der Gerhardts, Andreas Christian, geboren worden und alsbald gestorben. Zur Erinnerung des Lesers: Die Eltern wollten mit dem ersten Vornamen, Andreas, wohl ihres bereits von ihnen genommenen Sohnes gedenken; Christian hatten Vater Gerhardt in Gräfenhainichen sowie auch dessen erster Sohn, Paul Gerhardts Bruder, geheißen.

Wegen Verweigerung der Unterschrift unter den Revers, mit dem der Kurfürst über die Konkordienformel hinwegging, wurde Paul Gerhardt im Februar 1666 aus seinem Amte entlassen und blieb doch im Fokus der Auseinandersetzungen, an denen – auf seiner Seite – auch Magistrat und Berufsverbände teilnahmen.

Die Fürsprecher brachten eine kurze Rückkehr zum Dienst in der Kirche zustande. Friedrich Wilhelm verband mit dem Zugeständnis die Aussicht, der Prediger werde sich seine Haltung ja noch einmal überlegen – und rief genau damit neuen Gewissensaufruhr bei Paul Gerhardt hervor. *Ich fürchte mich für* (vor) *Gott, in dessen Anschauen ich hier auf Erden wandele, und für welches* (vor dessen) *Gerichte ich auch dermaleinst erscheinen muss*, gab er seinem Fürst zu bedenken. Der machte keinen langen Prozess mehr und verfügte den endgültigen Hinauswurf.

Von einem „rechten Angstjahr“ hatte der junge Magister David Gigas in seiner Berliner Neujahrspredigt 1667 gesprochen. Seine Aufsässigkeit musste er mit einem halben Jahr im Gefängnis bezahlen. Paul Gerhardt, dem stillen und gottergebenen Mann, wird zugeschrieben, lediglich Klage über ein „kleines Berlinisches Leiden“ geführt zu haben. Es klingt glaubwürdig, wenn man in dem Lied, das noch während der Krisenzeit geschrieben worden sein soll, seine Gebetsstrophe liest: *Du hast mich aus dem Brande / Und aus dem Feur gerückt, / Und wenn der Höllen Bande / Mich um und um bestrickt, / So hast du auf mein Bitten / Dich, Herr, zu mir gesellt / Und aus des Unglücks Mitten / Mich frei ins Feld gestellt* (CS 113,6).

Als Urkunde unerschütterlichen Gottvertrauens ist nicht zuletzt sein Brief an die Gräfin Maria Magdalena zur Lippe anzusehen. Sie war über die Berliner Vorgänge entsetzt und hatte Paul Gerhardt mehrfach nach seinem Ergehen befragt. Zwar sei er *herzlich geneigt*, antwortete er, *diesem meinen gnädigsten Churfürsten und Herrn, als meinem ordentlichen Schutzherrn und größten Wohlthäter in dieser Welt, zu gehorchen*, dennoch habe er sich entschlossen, sein Gewissen sprechen zu lassen. *Ich meines Teils lasse den lieben Gott hierunter walten und bin mit seiner allerheiligsten Regierung wohlzufrieden … Ich werde noch ein wenig hier auswarten, nachdem mein Gnädigster Churfürst und Herr mich noch so gnädiglich in seiner Residenz duldet. Ist es meines Gottes Wille, dass ich ihm noch in dieser Welt als ein öffentlicher Prediger dienen soll, so will ich Ihm zu*

Ehren das wenige, was noch übrig ist von meinem Leben, gern aufopfern …

Die kurfürstliche Politik übersieht nicht, dass der Meister frommer Verse ein besonders heikler Fall ist: Sein Bekanntheitsgrad reicht längst über die Grenzen des eigenen Landes hinaus. Und sogar in der eigenen Hofkapelle ist ein Gesangbuch in Gebrauch, das Lieder von ihm enthält. Seine Frömmigkeit und seine literarische Bedeutung sind nicht in Zweifel zu ziehen. Verstärkt wird das alles noch dadurch, dass Johann Georg Ebeling gerade jetzt in Einzelheften die *Andacht-Lieder Herrn Paul Gerhardts, mit neuen Melodeyen*, herauszubringen beginnt. Ebelings Bemerkung, die Texte seien zunächst *ohne Ordnung herausgesucht* und sollten erst später noch *in rechtmäßiger Einteilung eingerichtet werden*, spricht dafür, wie sehr sich der Herausgeber beeilt haben muss, das allerseits wache Interesse für den Autor – nicht zuletzt zu dessen Gunsten – zu guter Stunde zu nutzen.

Über Anna Maria, Paul Gerhardts Frau, wird es in der am 15. März 1668 an ihrem Sarg gehaltenen Predigt heißen, *dass sie nicht allein sich selbst aus Gottes Wort kräftiglich aufgerichtet, sondern auch ihrem Herrn* (im Sprachgebrauch der Zeit: ihrem Ehemann) *zu mehreren Malen ein Herz eingesprochen und mit freundlichen Worten und holdseligen Gebärden ihn getröstet und gestärket hat …* Sie war und blieb also auch in all diesen Verunsicherungen und Skrupeln an seiner Seite und gab ihm eher Bestätigung für sein Verhalten. Rührende Eindrücke von ihrem Tod werden weitergegeben. Gerhardt-Biograph Petrich war sich sicher, dass sie auf Mitteilungen Paul Gerhardts und seines Sohnes Paul Friedrich sowie der verschwägerten Familie Fromm beruhen.

Danach war Bluthusten als Hinweis auf ein Lungenleiden zu deuten. Zwei angesehene Ärzte betreuten die Kranke. Paul Gerhardt ließ ihren Beichtvater mit dem Abendmahl kommen. Seine Frau hatte die Nähe des Todes nicht gleich geahnt, habe ihm dann aber in einer Stimmung entgegengesehen, die – *wir wollen bald wieder zusammenkommen* – offenkundig der Glaubensgewissheit des Ehemannes nicht nachstand. Von jedem Angehörigen nahm sie Abschied mit Dank. Von ihrem Mann ließ sie sich aus ihrem geschriebenen Gesangbuch vorlesen. Angst habe sie nicht. Der liebe Gott solle – so diese Überlieferung – bald kommen und sie erlösen.

Was der Verlust für Paul Gerhardt bedeutet haben muss, lässt sich nur ahnen. Die Glaubensstreitigkeiten in Berlin dauerten an. Der Beruf blieb ihm versperrt. Zwar nahm seine Lebensorientierung darüber nicht Schaden. Aber es stellten sich nun keine Lieder mehr bei ihm ein. Die Kräfte reichten nicht mehr.

Das dem Spätwerk zugeschriebene Lied *Ich danke dir mit Freuden* (CS 113) ist dem Schlussgebet des apokryphen Buchs Jesus Sirach nachempfunden. Es ist das Danklied eines Menschen, der aus Todesgefahr Rettung erlangt hat. Deutlicher war für Paul Gerhardt jedenfalls nicht zu zeigen, wie schlimm ihm von der Obrigkeit und ihren Vollzugsgehilfen zugesetzt worden war. Mit Gottes Hilfe nur war das zu überstehen – und wohl nur wörtlich mit Formulierungen aus Luthers Bibelübersetzung auszusprechen: *Den Kläffer, der mit Lügen / Gleich als mit Waffen kämpft / Und nichts kann als betrügen, / Den hast du oft gedämpft; / Wenn er, gleich einem Drachen, / Das Maul hoch aufgezerrt, / So hast du ihm den Rachen / Durch deine Kraft gesperrt* (CS 113,6).

Es war seine subjektive Erfahrung. So infam hatte er die Maßnahmen des Kurfürsten erlebt. Und vielleicht war es aus seiner Sicht auch keine Übertreibung, wenn er eine für ihn hilfreiche Haltung – wie Jesus Sirach – allein noch im Himmel entdecken konnte: *Es war in allen Landen, / so weit die Wolken gehen, / Kein einzger Freund vorhanden, / Der bei mir wollte stehen; / Da dacht ich an die Güte, / Die du, Herr, täglich tust. / Und hub Herz und Gemüte / Zur Höhe, da du ruhst* (CS 113,8).

Eine nicht unwichtige Äußerlichkeit soll man nicht übergehen: In finanzielle Nöte brauchte Paul Gerhardt in diesen Umständen nicht gleich zu stürzen. Bis zum August 1668 wurden seine Bezüge weiter regelmäßig gezahlt. Doch das Berufsverbot musste schon schwer genug für ihn wiegen.

An Mitempfinden fehlte es dabei unter den Menschen seiner Umgebung gewiss nicht. Nur: Differenzierende Bewertungen blieben ebenso aus. Niemand scheint in der Lage gewesen zu sein, den Kontrahenten goldene Brücken zu bauen. Etwa darauf hinzuweisen, dass der Kurfürst aus seiner eigenen, notwendigerweise anders beschaffenen Rollenbestimmung heraus argumentiere und dass man um eine gewisse Einfühlung in die andere Seite wenigstens bemüht bleiben müsse. So weit, so offen, so ökumenisch gesinnt war die Zeit eben lange noch nicht.

Wäre Paul Gerhardt Weltflucht vorzuwerfen? Jeder Gedanke an ein aktives Aufbegehren musste ihm schon durch das lutherische geistige Erbe fern liegen. Luthers Auffassung von der Obrigkeit, dessen Zwei-Reiche-Lehre, gehörten zum Grundbestand des Gedankensystems, in dem er lebte. Sein Gewissen ließ ihn Grenzen des Gehorsams erblicken – und er sprach offen darüber. Er betete für die Autoritäten und machte daraus kein Geheimnis. Gab er der Öffentlichkeit damit doch auch zu erkennen: Die haben das bitter nötig.

Wenn er unseren Erörterungen zu diesem Thema zuhörte, könnte er wohl aufstehen und vielleicht nach einigem Wühlen in seinen Papieren ein älteres seiner Lieder auf den Tisch legen. Es ist in Kriegszeiten entstanden, als er seinen Mitmenschen mit einem Pfingstlied die folgenden Gebetsworte ins Gemüt und in den Mund gab: *Lass blühen wie zuvorn / Die Länder, so verheeret, / Die Kirchen, so zerstöret / Durch Krieg und Feuerszorn* (CS 29,12, EG 133,9). Damals betrafen seine Fürbitten schlechthin alle Menschen, die sich – so sah's aus – durch Fortführen des Kriegs nur noch unglücklicher machen konnten.

Beschirm die Polizeien, /Bau unsers Fürsten Thron, / Dass er und wir gedeihen, / Schmück als mit einer Kron, / Die Alten mit Verstand, / Mit Frömmigkeit die Jugend, / Mit Gottesfurcht und Tugend / Das Volk im ganzen Land (CS 29,13). Ein beinahe zeitloses Christengebet, sollte man meinen. Das Evangelische Gesangbuch hat in seiner jüngsten redaktionellen Fassung dieses Lieds die Konkretheit Paul Gerhardts für den neueren Gemeindegebrauch verallgemeinert – und seine Bildhaftigkeit ins Zeitlose getrübt. Statt ebenfalls gleich Menschen zu benennen, die der Hilfe Gottes bedürfen, heißt es an der zitierten Stelle nun: *Beschirm die Obrigkeiten, / richt auf des Rechtes Thron* … (EG 133,10). Woran man sehen kann, dass Paul Gerhardt sich durchaus deutlicher und handfester äußern wollte als manche Wort-Verwalter von heute.

Richt unser ganzes Leben
Allzeit nach deinem Sinn,
Und wenn wirs sollen geben
In Todes Rachen hin,
Wenns mit uns hie wird aus,
So hilf uns fröhlich sterben
Und nach dem Tod ererben
Des ewgen Lebens Haus.

(CS 29,16)

Nimm nicht zu Herzen, was die Rotten
Deiner Feinde von dir dichten,
Lass sie nur immer weiter weidlich spotten,
Gott wirds hören und recht richten.
Ist Gott dein Freund
Und deiner Sachen,
Was kann dein Feind,
Der Mensch, groß machen.
Gib dich zufrieden.

(CS 94,11)

IX

Was braucht der Mensch?

Wo man nach lutherischer Hausväterart neben dem allgemeinen Gottesdienst auch noch die Hausandacht pflegte, kam seinerzeit schon oft Paul Gerhardt zu Wort: In seinen Liedtexten hatte das Sing- und Sagbare über Gott und seine Welt seine allemal brauchbare Form. Mit der zunehmenden Ausbreitung der Gesangbücher wurden Verse von ihm in den entsprechenden Kreisen bald populär. Seine *Lieder haben oft in einer Zeil mehr Saft als andre in ganzen Gesetzen* (damit sind hier Reimgedichte gemeint): *weil sie nicht aus einer phantastischen Dicht-Art, sondern aus einem Theologischen Geist gesetzet sind* – so war es bald in einer der Vorreden zu lesen, mit denen diese Gesangbücher auf den Weg gebracht wurden.

Der Weg des Dichters führte für die große Öffentlichkeit indessen seit dem Berliner Tiefpunkt seines Pfarrerlebens mehr und mehr in die Stille. Trostpoesie, die er gelegentlich schreibt, richtet sich nur noch an engere Kreise. Wenn ihm nahe stehende Familien in Trauer sind, spricht er wie früher

Mitgefühl in Form eines Gedichts aus. Und diese Privat-Lyrik liest sich eher noch abgeklärter als all seine frommen Strophen zuvor. Allerherzlichstes Mitgefühl und rühmendes Gedenken spricht zum Beispiel aus den vier Strophen, die er dem ehemaligen Berliner Bürgermeister Reichardt nachruft. Das Ganze wird noch überstrahlt von der gelassenen Zuversicht der ersten Zeilen: *So geht der alte liebe Herr nun auch dahin: / Nachdem er achtzig und was drüber ist erlebet. / Er geht zu Gott: Und legt und schlägt aus seinem Sinn / Das, was noch, wies Gott weiß, uns überm Haupte schwebet.*

Als kurz darauf – weit jünger als Reichardt – Johann Adam Preunel, ein weiterer Freund Gerhardts, glaubensfroh das Zeitliche gesegnet hatte, fasste der Dichter seine Gefühle abermals in trostvollste Worte: *Herrn Preuneln aber ists gelungen, / Er hat mit Christus durchgedrungen, / Ist nun sehr herrlich dran* (CS 133,2). Mit dem Trost verband sich fromme Ermahnung: *Drum weinet nicht zuviel, / Ihr, die Herr Preunel hat geliebet; / Denn der, an dem ihr euch betrübet, / Hat sein erwünschtes Ziel. / Lasst vielmehr diesen Seufzer hören: / Gott woll uns auch so sterben lehren* (CS 133,5).

Paul Gerhardts Leben freilich ging vorerst weiter und wollte in der vollen Verantwortung für irdische Jahre gelebt sein. Wenn sich nun doch Anlass einstellte, sich um den Lebensunterhalt Sorgen zu machen, so kam – gerade im richtigen Augenblick, im September 1668 nämlich – ein rettender Engel. Vom Rande des Spreewalds traf er in Berlin ein. Er brachte Freudenbotschaft. Aus ihr war zu ersehen: In Lübben, jenseits der brandenburgischen Grenze, sei nach dem Tod des dortigen Propstes dessen Stelle vakant. Und man werde Paul Gerhardts Bewerbung dort lebhaft begrüßen. Um eine Probepredigt von ihm hören zu können, zeigte man sich sogar gern bereit, als Reisemöglichkeit ein Fuhrwerk zu schicken.

Lübben lag auf kursächsischem Territorium. Das gab die Gewissheit, dort auf gut-lutherische Leute zu treffen. Mit

Freuden nahm der Lübbener Rat die Äußerung des Umworbenen auf, *seinem Gott gehorsamlich zu folgen und das wenige Vermögen, so er ihm durch seine Gnade reichen würde, in seinem und seiner Kirche heiligem Dienst aufzuwenden.* Der Ruf, dass sein *Vermögen* als Prediger in gutem Ruf stehe, war nach Lübben gedrungen. Merkwürdigerweise, hat Petrich entdeckt, wird aber seine Dichtkunst bei all diesen Annäherungen überhaupt nicht erwähnt. Wäre es denkbar, dass sein Ruf als Poet vor der sächsischen Grenze immer noch Halt gemacht hatte?

Die am 14. Oktober vorgetragene Probepredigt kam gut an. Der Stadtrat habe beim Anhören *sonderbare beliebung geschöpfet* und sei von seiner *treubeständigen reinen Lehre* mit Wohlgefallen erfüllt: So hieß es in der Berufungsurkunde, die Lübbens Stadtväter zwei Wochen darauf unterschrieben. Paul Gerhardts Zusage war vom 4. November datiert. Damit zeigte der Einundsechzigjährige, wie sehr es ihm eilte, sein Berufsleben wieder auf geordnete Wege zu bringen.

Der Hausstand, den er zu unterhalten hatte, war nicht ganz klein. Von ihm gingen nun aber auch die Hinderungsgründe aus, auf der Stelle alle Bücher, Betten und Bratpfannen für einen Umzug zusammenzupacken. An erster Stelle fiel dabei eine Erkrankung, über die Näheres unbekannt ist, ins Gewicht: Schwägerin Sabina Fromm, die der Hauswirtschaft vorstand, und der erst sechsjährige Paul Friedrich – Paul Gerhardts nun allein noch lebendes Kind – waren davon befallen. Der Heilungsprozess zog sich über viele Wochen hin und lähmte vorerst die Mobilität.

Aber auch ein anderes Problem zwischen der Stadt Lübben und ihrem künftigen Pfarramtsleiter blieb bis zum Überdruss in der Diskussion: Das Archidiakonatsgebäude, in das Gerhardt und die Seinen einziehen sollten, war nach seinem Urteil baulich in einem unerträglichen Zustand – und überdies nach Auffassung des Berufenen auch viel zu klein. Sechs oder – *wenn's hoch kömbt* (so Paul

Gerhardt in der Korrespondenz) – sieben Personen waren unterzubringen: neben dem Hausherrn, dessen Schwägerin und dem kleinen Sohn wohl drei Bedienstete. Sabina Fromms Sohn, der noch Student war, kam wenigstens zeitweise hinzu.

Über Weihnachten 1668 war der neue Prediger, wohl um seinen guten Willen zu zeigen, zunächst einmal zur Stelle gewesen. Doch Lübben kam seinen besonderen Wünschen nur zögerlich nach; man kann den Eindruck gewinnen, dass zumindest zeitweise heftige Gereiztheit zwischen den Vertragsparteien aufkam. Für die Osterpredigten 1669 stand Paul Gerhardt erneut zur Verfügung – nach wie vor, ohne sich auf einen Umzugstermin unbedingt festlegen zu können. Er war nicht bereit, sich *so gar extreme schlecht und geringe ... abweisen zu lassen.* Und auf der anderen Seite kamen Überlegungen auf, aus der geschlossenen Dienstvereinbarung einen Ausweg zu suchen. Erst durch eine Verbindung der beiden vorhandenen Pfarrerswohnungen zu einer Einheit – und überhaupt beherztere Baumaßnahmen – fand sich ein Weg, dieses Problem zu überwinden. Als Paul Gerhardt sich in Lübben endlich dauerhaft niederließ, war der Sommer längst eingezogen.

Es fällt nicht ganz leicht, den Verdacht einer gewissen Alterswunderlichkeit abzuwehren. Hat die Überlieferung doch noch eine kleine Reihe anderer Auseinandersetzungen festgehalten, zu denen es in Lübben gekommen sein soll. Das in der Stadt gebraute Bier sagte ihm offenkundig nicht zu. Deswegen gedachte er, *Zerbster, Bernauer, Torgauisch und dergleichen* für den Eigenbedarf zu importieren. Wer wird sich wundern, dass Lübbener Lokalpatrioten das gar nicht gern hörten?

Nach fünfjährigem Dienst fand er sogar einmal Anlass, den Dienst zu verweigern. Als der Friedhof vom Umfeld der Kirche auf Weisung des sachsen-merseburgischen Herzogs aus der Stadt hinaus verlegt worden war, ließ er den

Fürsten mit Hinweis auf den feuchten und manchmal vereisten Weg wissen: Ans Grab könne er die Leichen in seinem Alter nicht mehr begleiten. Vermutlich gegen winterliche Kälte im Kirchengebäude wappnete er sich irgendwann auf eine für manche Kirchgänger befremdliche Weise: Als er plötzlich mit einer Perücke auftrat, gab es nicht nur Getuschel, sondern gleich Klagen: Gehört sich das für einen Pastor?

Vielleicht ist zu solchem Gerede am besten mit dem Theologen Wolfgang Trillhaas Stellung zu nehmen. Aus dessen Paul-Gerhardt-Darstellung ist zu erfahren: *Wir wissen von ihm, dass er – für damalige Zeit zum Ärger vieler „Frommer" – ein kräftiger Raucher gewesen ist.* Der Kommentar zu dieser Feststellung kann einen verblüffen: *Das Leben hat ihm geschmeckt.* Damit hat Trillhaas wohl Richtiges und Wichtiges über Paul Gerhardt gesagt.

Im Ganzen ist – vielleicht mangels anderer Informationen – über Paul Gerhardts letzte Jahre in Lübben mehr Klatsch und Anekdotisches als über andere Lebensabschnitte zu finden. Predigten sind nicht erhalten. Dabei wurde er ja gerade ihretwegen auch in Lübben geschätzt.

Neue Glaubenslieder dagegen scheinen ihm nicht mehr in den Sinn gekommen zu sein. Scheinen, bleibt uns zu sagen. Denn nichts dergleichen liegt vor. Falsch wäre es aber zu sagen, er sei im Alter nicht mehr in der Lage gewesen, sich aufs Ross der Dichter zu setzen. Erschien doch 1675 noch ein – eigentlich auch gar nicht kirchliches – Paul-Gerhardt-Gedicht.

Es handelte sich um einen Beitrag zu einer Anthologie mit dem Titel *Fünfzehn-ästiger Nieder-Lausitzer Palm-Baum.* Ein Buch, das zu besserem Verständnis wohl schon eine kleine Anmerkung verdient. Der Landphysikus Samuel Sturm – man könnte auch Kreisarzt statt dieser uns ungewohnten Berufsangabe sagen – hatte es sich zur Übung gemacht, den Menschen nicht nur aus leiblichen Nöten zu helfen, sondern – im Falle eines letalen Ausgangs – nötigenfalls auch noch eine Lob- und Trauerrede zu halten. 15 dieser Ansprachen für löbliche Lausitzer hatte er drucken und von Freunden nach bekanntem Brauch mit poetisch verklärten Referenzen ausstatten lassen.

An vierter Stelle kam da nun also auch Paul Gerhardt wieder zu Wort: *Tapfre Leute soll man loben, / Und was Tugend hat erhoben, / hebt auch billig unsern Fleiß. / Lass, was schnöd ist, unten liegen, / Was die Welt hat überstiegen, / Deme bleibt sein Ruhm und Preis.* Lobpreis, der – auch hier – *des edlen Himmels Gaben* gilt und der in seiner dritten Strophe auf den zunächst vielleicht geschmäcklerisch anmutenden Buchtitel eingeht: *Er, Herr Sturm, pflanzt Palmenbäume; / Billig, dass hier keiner säume, / Ihm ein Ehr und Dank zu tun. / Ich kann nichts mehr als nur bitten, / Dass er stets mög in der Mitten / Aller Tugendpalmen ruhn.*

Versteht sich: Die Palmen-Metapher hat biblischen Hintergrund. An den Einzug Jesu in Jerusalem muss man sich erinnern, um sich die Bedeutung des Palmzweigs als biblisches Jubel- und Winkelement ins Bewusstsein zu rufen und um sich vorstellen zu können, dass die sinnenfällige Geschmeidigkeit des verwendeten Materials schon etwas sehr Erhabenes hat. Und etwas, was schöne Assoziationen in einem wachrufen kann – heißt es im Hohenlied (7,8+9) nicht über die Geliebte: *Dein Wuchs ist wie ein Palmbaum. Deine Brüste sind wie Trauben. Ich will den Palmbaum ersteigen* –?

Der Prediger von Lübben gönnte es dem Luckauer Landphysikus immerhin, unter Palmbäumen zu ruhen. Die Verse verraten sprachliche Eigenheiten der Zeit und persönliche Sprach-Angewohnheiten des Dichters. Aber es zeigt sich: Der alte Verseschmied ist im Vollbesitz seiner handwerklichen Mittel. Hätte er nicht öfter Gebrauch davon machen können? Oder hat er vielleicht doch …?

Auch, wenn darauf hingewiesen werden kann, dass ihn kein Crüger, kein Ebeling, kein Runge mehr zu weiterer

Produktion gedrängt haben wird: Es gibt darauf keine Antwort. Dass er lustlos geworden oder – wie das manche vielleicht angemessener ausdrücken möchten: – dass der Brunnen der Lyrik versiegt sei, klingt doch ein wenig billig und nach dramaturgischer Ausschmückung des ganzen Geschehens, in dem sich der Lebenslauf des Dichters darstellt. Vielleicht sollten alle, die Paul Gerhardt als Vollendeten feiern, auch noch bemerken, wie viele Fragen er den Nachgeborenen lässt.

Als sein *Testament* wird immer wieder bezeichnet, was aus Lübben als einzige für seinen Glauben gewichtige Äußerung in die Gegenwart überkam. Es handelt sich um ein an den Sohn gerichtetes Schreiben. In dem Bewusstsein, *dass mein lieber frommer Gott mich in kurzem aus dieser Welt erlösen und in ein besseres Leben führen werde, als ich bisher auf Erden gehabt habe: so danke ich ihm zuvörderst für alle seine Güte und Treue, die er mir von meiner Mutter Leibe an bis auf jetzige Stunde an Leib und Seele und an allem, was er mir gegeben, erwiesen hat* – in der Gewissheit also, dass seine letzte Stunde schon nahe ist, zieht Paul Gerhardt eine Summe seines Erdenweges.

(Dass er vom *frommen* Gott spricht, könnte heutige Leser leicht irritieren. Man hat sich angewöhnt, das Wort *fromm* wie *gehorsam, fügsam* oder gleich wie *gottergeben* zu lesen. In altem Sprachgebrauch heißt es aber soviel wie *hervorragend* oder auch *hochbewährt*; eine Art Glaubensjargon hat zum Bedeutungswandel und so auch allgemein zu einem anderen Verständnis geführt.)

Was bleibt für Paul Gerhardt zu wünschen? Eine *fröhliche Abfahrt.* Und: Gott wolle *meine Seele in seine väterlichen Hände nehmen, und dem Leibe eine sanfte Ruhe in der Erde bis zu dem lieben jüngsten Tage bescheren, da ich mit allen Meinigen, die nur vor mir gewesen und künftig nach mir bleiben möchten, wieder erwachen und meinem lieben Herrn Jesum Christum, an welchen ich bisher geglaubet und ihn doch nie gesehen habe, von Angesicht zu Angesicht schauen werde.*

Innerhalb des Textes wird erst nach etwa einem Drittel des Gesamtumfangs richtig erkennbar, dass er an Paul Friedrich gerichtet ist, den einzigen ihm verbliebenen Sohn. Zu einer direkten Anrede kommt es erst in der Mitte – in eben dem Satz, der die Mahnung enthält: *… und hüte dich ja vor den Synkretisten, denn sie suchen das Zeitliche und sind weder Gott noch Menschen treu.* Der Vater erinnert den Sohn daran, dass *von seiner zarten Kindheit an* ein Gelöbnis für ihn geleistet worden ist – ein Versprechen an Gott: *Ihm zu eigen* solle der Junge sein und *ein Diener und Prediger seines heiligen Wortes werden.* Vermächtnis in Gestalt einer Bringschuld, und dazu die Ermahnung: *Dabei soll er nun bleiben.* (Ein schroffes Vatergebot? Paul Friedrich scheint sich widerspruchslos daran gehalten zu haben.)

Überhaupt lässt sich das Ganze nur wie eine Einschärfung der Treue zu dem Gott lesen, mit dem Paul Gerhardt seit der Gräfenhainicher Kindheit gelebt hat: Wenn Tage der Bedrückung kommen, kann *der liebe Gott* doch äußerliche Trübsal *mit inniglicher Herzenslust und Freudigkeit des Geistes ersetzen.* Aus fünf grundlegenden Hinweisen, die der Vater dem Sohn noch mitgeben will, spricht die Lebenserfahrung eines Mannes, der sich immer bemüht hat, mit seinem Gott alle Wege zu gehen. Man soll – erstens – nichts in der Hoffnung anstellen, es werde schon unbemerkt bleiben. Denn alles kommt doch an die Sonne. Zweitens: *Außer*(halb) *deinem Amte und Berufe erzürne dich nicht …* (Welcher Leser fühlt sich da nicht gleich an die letzte Berliner Zeit Paul Gerhardts als Pfarrer erinnert?) Fleischlicher, also sündlicher Lüste soll der junge Mann sich – drittens – schämen. Und wenn Heirat in Betracht kommt, soll er *frommer, getreuer und verständiger Leute* Rat suchen.

Der vierte Ratschlag könnte schon für sich allein ein christliches Lebensprogramm sein: *Tue Leuten Gutes, ob sie dir es gleich nicht zu vergelten haben, denn was Menschen nicht vergelten können, das hat der Schöpfer Himmels und der Erden längst vergolten, da er dich erschaffen hat, da er dir seinen lieben Sohn geschenket hat und da er dich in der heiligen Taufe zu seinem Kinde und Erben auf und angenommen hat.*

Fünftens schließlich sei vorm Geiz zu fliehen wie vor der Hölle. Und zu allerletzt alles in allem: ... *bete fleißig, studiere was Ehrliches, lebe friedlich, diene redlich und bleibe in deinem Glauben und Bekenntnis beständig, so wirst du einmal auch sterben und von dieser Welt scheiden willig, fröhlich und seliglich.*

Mit dem *Amen*, das Paul Gerhardt anfügte, endet zugleich das von ihm überlieferte Schriftwerk. Er starb am 27. Mai 1676. Es war der Mittwoch nach Pfingsten. Die Beisetzung fand zehn Tage darauf, am 7. Juni, einem Sonntag, in der Lübbener Kirche – die seit langem seinen Namen trägt – an einer nicht mehr bekannten Stelle im Altarraum statt.

Er starb in der Stille. Mehr als den Vollzug der Bestattung hält das örtliche Kirchenregister nicht fest. Den Sängern seiner Lieder scheint der Autor – zurückgezogen aufs *Restlein meines Lebens*, wie er einmal geschrieben hatte – bereits aus dem Blick geraten zu sein. Ihm wird es wenig ausgemacht haben. Auf Prominenz kam es ihm nicht an. Was wirklich lebensnotwendig ist, hatten ihn seine Jahre gelehrt. Dass es das Leben am freundlichsten meint, wenn es den Menschen im Blick hält und zugleich über sich selbst hinaus weist. In seiner Glaubenslehre aus Liedern hat er diese Einsichten seines Lebens weitergegeben. Auch beim Anblick des Kometen von 1652 war er in poetischer Meditation um Antwort auf letzte Fragen nicht verlegen gewesen: *Was soll ich denn nun tun? / Ich soll auf dem beruhn, / Was du mir hast verheißen, / Dass du mich wollest reißen / Aus meines Grabes Kammer / Und allem andern Jammer* (CS 120,2).

Kurt Ihlenfeld hat in einer Rede vor der Akademie der Künste Berlin einmal die *Signatur der Einfachheit* als das besondere Kennzeichen der Gerhardtschen Dichtung hervorgehoben und der Lyrik von anderen, aber *allgemein approbierten Dunkeldichtern* polemisch gegenübergestellt.

Eine Einfachheit, die so weit ging, Inhalte theologischen Denkens für Generationen in einer zupackenden Bildhaftigkeit volkstümlich zu machen: *Ach Herr, mein schönstes Gut, / Wie wird sich all mein Blut / In allen Adern freuen / Und auf das Neu erneuen, / Wenn du mir wirst mit Lachen / Die Himmelstür aufmachen* (CS 120,10).

Wer den lachenden Gott kennt, kann ihn gelassen erwarten. Dass manchmal Ungeduld aufkommen wird, ist wohl zum Allzu-Menschlichen zu zählen. Unser Dichter lässt sich nicht beirren.

Doch du weißt deine Zeit.
Mir ziemt nur, stets bereit
Und fertig dazustehen
Und so zum Herrn zu gehen,
Dass alle Stund und Tage
Mein Herz mich zu dir trage.

(CS 120,17)

Nun, Herr, nach aller dieser Zahl
Der jetzt erzählten Worten
Hilf mir, der ich so manchesmal
Geklopft an deine Pforten.
Hilf, Helfer mir,
So will ich hier
Dir Freudenopfer bringen,
Auch nachmals dort
Dir fort und fort
Im Himmel herrlich singen.

(CS 79,18)

X

Anstelle eines Nachworts: ein Brief

An Paul Gerhardt
Der-Himmel-weiß-wo

Vielgeehrter Herr Poeta,
wohlehrenfester und wortmächtiger Bruder,

mit gerunzelter Stirn werden Sie lesen, was ich über Sie zu Papier gebracht habe. War das nötig? So werden Sie fragen. Vielleicht wird mancher meiner Beschreibungsversuche in dieser Ansammlung von Skizzen und Zitaten bei Ihnen sogar auf Missbilligung stoßen. Darauf hätte ich zu erwidern: Sie machen es den Ihnen herzzugewandten Lesern ja auch gar nicht leicht, noch wirklich Aufschlussreiches über Ihr Leben und Denken auf dieser Erde zu schreiben. Denn so gut wie alles, was sich aufschreiben lässt, ist schon in längst erschienenen Schriften zu finden. Schon wahr, Mängel gab es dabei immer. Hat doch Ihre Nachwelt im Ganzen immer mehr über Ihr frommes Lebensgefühl zu erzählen gehabt als über Ihre Welterfahrung und Ihr Befinden in den Umständen der Sie umgebenden Zeit. Waren Sie je ganz von dieser Welt? Standen Sie nicht schon immer über den irdischen Dingen?

Ich versuche, mich hineinzudenken in Ihre Welt. Also, etwa: Berlin in Ihren Jahren. Sie scheinen hier durchaus gut angekommen zu sein. Man sprach von Ihren Gedichten. Sie fanden Freunde. Mit einem, mit Johann Crüger, verband Sie wohl viel. Auf Gegenseitigkeit konnten Sie wissen, was Sie beide beieinander fanden. Gegenseitig konnten Sie sich geben, worüber Sie selbst jeweils nicht ganz sicher verfügten. Daraus wuchs still und selbstverständlich wechselseitig Respekt.

Was die noch viel größere Bedeutung Ihrer Ehe mit Anna Maria Berthold betrifft, will ich Zurückhaltung üben. Aus der Beobachtung anderer Paare (oder wenigstens: in allgemeingültiger Form) haben Sie ja in Liedern begeistert geschildert, was diese Menschenverbindung für Sie bedeutet hat. Wenn ich Sie daran erinnern kann, werden Sie es doch gern wieder hören? *Wenn Mann und Weib sich wohl begehn / Und unverrückt beisammen stehn / Im Bande reiner Treue: / Da geht das Glück in vollem Lauf, / Da sieht man wie der Engel Hauf / Im Himmel selbst sich freue. / Kein Sturm, / Kein Wurm / Kann zerschlagen, / Kann zernagen / Was Gott gibet / Dem Paar, das in ihm sich liebet* (CS 47,2).

Über die Zweisamkeit in Ihrer eigenen Ehe sind Sie, soweit sich das erkennen lässt, immer wortkarg gewesen. Ich kann diesem Umstand nur meine Achtung erweisen und werde gegen den angemessenen Takt nicht verstoßen, wenn ich (weil ja auch noch andere Menschen darüber nachdenken dürften) mir – in Kenntnis Ihres bedachtsamen Umgangs mit Worten – eine Vermutung erlaube: Eheglück, wussten Sie, ist kein Phänomen, dem einfach seiner Natur nach Dauer zugesagt ist. Es lebt und erneuert sich in umsichtiger und liebevoller Haltung von beiden Seiten. Es ist insofern Ausdruck von Kultur, an deren Formen man immer etwas bessern möchte – wie bei einem Lied.

Darüber, wann ein Lied wirklich fertig ist, bestimmen letztlich die Herausgeber und Drucker. Beim Miteinanderlied der Ehe verhält es sich anders. Der Wille Gottes hat mit Herausgeberschaft so gar nichts gemein; er nimmt wieder an sich, was er einmal geschenkt hat. Warum? Bei Ihnen, verehrter Paul Gerhardt, haben wir gelernt, das Geheimnis auch Geheimnis bleiben zu lassen. Und nun denken wir – von der Schöpfung ausgehend, die uns das Schöne und die Liebe zur Erfahrung gemacht hat – mit Ihnen über die Schöpfung hinaus, ohne frommen Gefühligkeiten gleich die Zügel schießen zu lassen.

Was wäre unser Glaube heute ohne die energische Wortklauberei, mit der Sie in einem eher nüchternen Kodex jene Bilder gesammelt haben, in denen sich Gottesdenken heute noch sprachlich ausdrücken kann. Ausgesuchte Bilder guter Schöpfungserfahrung sind durch Ihre Lieder zu Chiffren für Ziel und Sinn unseres Lebens geworden. Wie oft hat gläubige Phantasie im Formulieren von Gottesvorstellungen die sonderbarsten Blüten getrieben.

Mit Ihnen dagegen, lieber Freund und Menschenbruder, können wir auch im 5. Jahrhundert nach Ihrem Erdenleben noch unbeschwert singen: *Die Sonne, die mir lachet / Ist mein Herr Jesus Christ, / Das was mich singen machet, / Ist, was im Himmel ist* (CS 82,15; EG 351,13).

Es ist allemal Erdenerfahrung, die Sie vom Christengott sprechen lässt. Bleibt doch auch von dem Himmel, der vor unseren Augen ist, für Sie immer gültig: *Alles vergehet, / Gott aber stehet / Ohn alles Wanken; / Sein Wort und Willen hat ewigen Grund* (CS 37,8; EG 449,8). Als Hinweis aufs Immer-Bleibende sind diese Bilder zu lesen, die Ihr Morgenlied über die *güldne Sonne* in heiterer Gewissheit besingt: *Kreuz und Elende, / Das nimmt ein Ende; / Nach Meeresbrausen / Und Windessausen / Leuchtet der Sonnen gewünschtes Gesicht. / Freude die Fülle / Und selige Stille / Hab ich zu warten / Im himmlischen Garten; / Dahin sind meine Gedanken gericht* (CS 37,12; EG 449,12).

Populär war die schöne Schlichtheit Ihrer Sprache nicht immer. Schon zu Ihrer eigenen Zeit aber standen ziemlich viele Menschen Ihnen sehr nahe. Sie fühlten sich angesprochen und ließen sich gern hineinnehmen in den Erfahrungshorizont, aus dem Sie auf den Geheimnisvollen, den so schwer Zugänglichen, kaum zu Begreifenden hinzuweisen verstanden. Arnold Niemann weiß, wie oft Sie bereit waren, bei einer Taufe die Patenschaft für ein Kind zu übernehmen. Viele sahen Sie gern unter den Gästen; viele schmückten sich womöglich auch gern einmal mit Ihnen. Ihre Sprache gab Bedachtsamkeit zu verstehen. Und wenn ich mich nicht irre, sind Sie auch immer ein guter Zuhörer gewesen.

Wie ich darauf komme? Als sei es das Selbstverständlichste von der Welt, haben Sie immer im Beichtstuhl gesessen und auf alle gehört, die sich etwas von der Seele zu reden hatten. Sonnabends gab es da stets großen Andrang. Wer am Sonntag zum Abendmahl gehen wollte, musste ja tags zuvor die Absolution, die Sündenvergebung erlangt haben. Nach wenigen Minuten jeweils war immer schon ein anderer Fall an der Reihe. Wir wissen, dass manchem Ihrer Kollegen von all der wieder vernommenen menschlichen Unart hinterher der Kopf gebrummt hat.

Sie fanden es wohl nicht der Rede wert; entsprechende Äußerungen von Ihnen habe ich jedenfalls nicht gefunden. Dabei wussten Sie natürlich genau, wie wichtig der Vorgang jedesmal war und wie befreit die Männer und die Frauen nach ausgesprochener Vergebung davongehen konnten. Das wiederum haben Sie, lieber Paul Gerhardt, uns in einer

Ihrer Liedstrophen sehr deutlich gemacht: *Nun weißt du meine Plagen / Und Satans, meines Feindes, List. / Wenn meinen Geist zu nagen / Er emsig und bemühet ist, / Da hat er tausend Künste, / Von dir mich abzuziehn: / Bald treibt er mir die Dünste / Des Zweifels in den Sinn, / Bald nimmt er mir dein Meinen / Und Wollen aus der Acht / Und lehrt mich ganz verneinen, / Was du doch fest gemacht* (CS 34,2).

Die Beichtpraxis – um das nicht zu übergehen – hat sich seit Ihren Tagen gründlich verändert. Kurze Zeit nach Ihnen hat in Berlin Magister Johann Caspar Schade an der St. Nikolaikirche die 4. Pfarrstelle bekommen. Er sprach bald aus: Diese Sündenvorträge am Sonnabend könne er nicht mehr hören, ja, er hätte die Einzelheiten oft schon wieder vergessen, wenn seine Lippen den Absolutionsbeschluss formten. Er wollte endlich erlöst sein von dieser Pflicht. Der *Berliner Beichtstuhlstreit* war damit vom Zaun gebrochen – mit dem Ergebnis, dass binnen weniger Jahre die Einzelbeichte selbst bei den Lutherischen als nicht mehr nötig empfunden wurde.

Nicht ganz sicher bin ich, Meister Gerhardt, ob Sie auch die folgende Information noch interessiert: Im Zuge dieser Reform ist dann auch der Beichtgroschen abgeschafft worden, jener kleine Obulus, der dem Beichtvater immer zugesteckt wurde. Zum Ausgleich dafür wurden die vertraglichen Pfarrerbezüge aber auch leicht erhöht.

Wie andere Veränderungen im Kirchenleben von Ihnen beurteilt werden, wüsste ich gern – selbstverständlich: Das Wort *Satan* zum Beispiel wird unter uns beinahe nur dann noch gebraucht, wenn im Gottesdienst ein Lied von Ihnen angestimmt worden ist. *Will Satan mich verschlingen, / So lass die Englein singen: / Dies Kind soll unverletzet sein* (CS 38,8, EG 477,8); ich ahne, Sie werden das unwirsch zur Kenntnis nehmen. Wer für das Böse keinen Namen mehr kennt, könnten Sie sagen, kann immer nur auf Ungefähr damit umgehen. Aus der Sicht Ihrer Zeit gesprochen: Sie haben

Recht. Und aus unserer Zeit: Mit dieser und anderen Verkürzungen der religiösen Sprache gehen Sinn-Bilder verloren, in denen sich Inhalte des Glaubens erklären. Zunehmende Spracharmut schädigt den Glauben.

Aber da haben wir es wohl auch schwerer als Sie. Wenn Sie mit Ihrer Zeit vom Himmel sangen – was haben Sie noch alles aussagen können, ohne sich Spöttern als komischer Himmelsfahrtsexperte verdächtig zu machen. *Zur Welt muss ich hinaus / Der Himmel ist mein Haus* (CS 114,15): So haben Sie sich ja auch für diejenigen äußern dürfen, die schon gelernt hatten, mit einem anderen Weltbild zu leben als die Schreiber ältester heiliger Texte. Sie durften ohne Sorge erwarten, fällt mir auf, dass Ihre Mitsänger die Himmelsmetapher auf ihren gerade beabsichtigten Sinngehalt prüften.

Himmel und Erden, / die müssen das werden / was sie vor ihrer Erschöpfung gewest, schrieben Sie (CS 37,7; EG 449,7 verdeutlicht: *...vor ihrer Erschaffung)*. Wir können den Schluss daraus ziehen, dass der veränderliche Himmel (der heute für manchen einfach die große Leere über uns ist) doch auch nach Ihrer Ansicht der vergänglichen Welt angehört: *So acht ich's nicht, wenn gleich zerfällt / Das große Weltgebäude*, hören wir Sie in Nachempfindung von Psalm 73. Denn Gottvertrauen führt Ihnen die Feder: *Du bist mein Himmel und dein Schoß / Bleibt allezeit mein Burg und Schloss, / Wann diese Erd entweichet.*

Mit dem 39. Psalm gelingt es Ihnen auf ähnliche Weise, die Perspektive vom veränderlichen Himmel der Schöpfung zum Ewigbleibenden zu wechseln: *Hie ist nur Qual und Pein. / Dort, dort wird Freude sein* (CS 114,16). Im Sinn von Psalm 119: *Mein Heimat ist dort droben, / Da aller Engel Schar / Den großen Herrscher loben, / Der alles ganz und gar / In seinen Händen träget* ... (CS 128,9).

Ihre Worte sind der Welt unserer Erfahrung entnommen. Andere gibt es nicht, um im Staunen vor der Schöpfung und auf der Suche nach dem Sinn über unseren Horizont hinaus weiterzudenken. Es ist die Sprache der Einübung aller menschlichen Gaben, die wir in guter Menschenerfahrung, aber auch in vielen unserer Hoffnungen und Ahnungen finden. Ihnen, hochgeschätzter Herr Poeta, haben die heiligen Schriften der Juden und Christen – diese unvergleichliche Muttererde von Kultur – die nötigen Anhaltspunkte gegeben.

Dass wir – lange nach Ihnen lebende Generationen – in Ihren Liedern eine Schule der Bilder erleben und Glaubenssprache in der von Ihnen formulierten Eindringlichkeit immer neu einüben können – es macht Sie zu einem Glaubenslehrer der seltensten Art. Wir erleben und beobachten mit Verwunderung, ja: großem Staunen, dass der Kern Ihrer Lehr-Dichtung dem geschichtlichen Wandel standhält. Ihre Lebenshilfe bewährt sich immer noch – in einer völlig veränderten Welt. So schlicht und doch weise, wie Sie dem Gespräch des Menschengemütes mit Gott zu dichterischen Formen verhalfen, sind Sie bis heute vielen Christen unentbehrlich geblieben.

Die danken es Ihnen und machen sich gern den Segen bewusst, der – wie Sie es in Entsprechung zum 1. Psalm dargestellt haben – dem Menschen zugesagt ist, welcher *herzlich ehret / was uns Gott vom Himmel lehret* (CS 61,1): Einem Palmbaum gleich kann er sich fühlen, der zwischen den Wassern seine Zweige ausstreckt. *Also, sag ich, wird auch grünen, / Wer in Gottes Wort sich übt, / Luft und Sonne wird ihm dienen, / Bis er reiche Früchte gibt. / Seine Blätter werden alt / Und doch niemals ungestalt. / Gott gibt Glück zu seinen Taten, / Was er macht, muss wohl geraten* (CS 61,3).

Über den Himmel, lieber Paul Gerhardt, lässt es sich jedenfalls gut mit Ihnen reden. Ich hätte große Lust, eine Reihe von Aspekten gelegentlich noch zu vertiefen. Was Sie selbst betrifft, so wissen Sie wohl: Es gibt da noch viele offene Fragen. Manchen Ihrer Lebensabschnitte würde ich gern ausführlicher, detailreicher und plausibler darstellen können. An einer unmittelbaren Begegnung unter uns wäre mir sehr gelegen. Gerade bei Ihnen bleibe ich überzeugt, dass es lehrreich sein müsste, Sie einmal ohne Versmaß und zeitgebundene Höflichkeitsformeln reden zu hören. Wie Sie zu und mit anderen reden – das wäre, vermute ich, eine gute Erfahrung.

Gingen Sie – damals in Berlin, Mittenwalde und Lübben – auf die Menschen zu oder ergab sich Ihre Anziehungskraft einfach aus Ihrer freundlichen Aufmerksamkeit? Wie klang wohl Ihre Predigt? Was für ein stimmliches Timbre, frage ich mich, haben Sie wohl zum Einsatz gebracht? Gaben Sie sich als Bass, Bariton oder im Tenor zu erkennen? Für lutherische Pfarrer ist es immer wichtig, in der Liturgie die richtigen Töne zu finden. Es sind mir aber Gerüchte zu Ohren gekommen, mit dem Singen sei es bei Ihnen überhaupt nicht so weit her gewesen – kann da etwas dran sein?

Ob Sie Verständnis für solche Neugierde haben? Treffen wir uns mal hinterm Tor? Über den geeigneten Zeitpunkt, die örtlichen Umstände und die Fahrverbindung haben Sie ja schon auf Ihre Weise Angaben gemacht. Ich hoffe zuversichtlich, wir werden uns nicht verfehlen.

Er ist das güldne Himmelstor
Und des Eliä Wagen,
Darauf mich Gott zum Engelchor
Gar bald wird lassen tragen,
Wann er, der Letzt
Und Erste, setzt
Ein End an meinen Tagen.

(CS 129,18)